料理番子守り唄

包丁人侍事件帖③

小早川 涼

角川文庫
19311

目次

第一話　稲荷《いなり》寿司《ずし》異聞《いぶん》　七
第二話　四谷の物の怪《け》　九五
第三話　下総《しもうさ》中山《なかやま》子守り唄《うた》　一七三
解説　菊池　仁　二八一

主な登場人物

鮎川惣介《あゆかわそうすけ》……江戸城御《お》広敷《ひろしき》御膳所台所人。将軍家斉の食事を作る御家人
志織《しおり》……惣介の妻
鈴菜《すずな》……惣介の長女
小一郎《こいちろう》……惣介の長男
片桐隼人《かたぎりはやと》……惣介の幼馴染み。御家人。大奥の管理警護をする添番《そえばん》
八重《やえ》……隼人の妻
桜井雪之丞《さくらいゆきのじょう》……京から来た料理人。世継ぎ家慶《いえよし》の正室楽宮喬子《さざのみやたかこ》の料理番
睦月《むつき》……雪之丞と同居する京女
曲亭馬琴《きょくていばきん》……戯作者。『南総里見八犬伝』が人気を博す
里……稲荷寿司屋台の女将
春吉……里の亭主
水野和泉守《みずのいずみのかみ》……浜松藩主。寺社奉行
大鷹源吾《おおたかげんご》……水野の懐刀
徳川家斉《とくがわいえなり》……十一代将軍

【鬼子母神《きしもじん》】

王舎城の夜叉神《やしやがみ》の娘。千人（万人とも）の子を生んだが、他人の子を奪って食したので、仏は彼女の最愛の末子を隠して戒めた。以後、仏法の護法神となり、求児・安産・育児などの祈願を叶えるという。また法華経を受持する者を守護するともいう。

（広辞苑　第五版）

第一話　稲荷寿司異聞《いなりずしいぶん》

一

鮎川惣介《あゆかわそうすけ》は、夢の中で、炒《い》りたての黒豆に愚痴《ぐち》を聞かされていた。

ほかほかと香ばしい湯気をあげる黒豆は、一段高い上座に座って惣介を見下ろしていた。豆の話は、ぼそぼそと聞き取りにくかったが、どうやら、この暑さの中、毎日しつこく火で炒られるのはうんざりだ、という主張らしい。

「俺の役目は、江戸城御《お》広敷《ひろしき》の御《ご》膳所《ぜんしょ》で、台所人として上様のために御膳を用意することだ。そのために竈《かまど》の火に炙《あぶ》られ、夏場は襦袢《じゅばん》も下帯もずくずくになるほど汗をかく。食べる研鑽《けんさん》も怠らず、結果、腹がせり出す一方だ。それでも不平を言うたことはない」

惣介の言い分に、黒豆は「勝手に好きなだけ食べて腰回りがだぶついているのを、研鑽と称するのはいかがなものか」と口答えをしたが、声が小さいので聞こえないふりをするのは容易《たやす》かった。

「俺のことは口出し無用だ。それよりお前の役目は、黙って炒り豆になることではないか。豆といえども、浮き世を渡るには辛抱《しんぼう》が肝要《かんよう》だぞ」

そう諭《さと》したところで目が覚めた。

寝間はひどく蒸《む》して、襦袢も下帯も汗みずくになっていた。晴れ渡った空までのすき間をすべて埋め尽くす勢いで、蟬《せみ》が鳴いている。

文政《ぶんせい》四年（一八二一）の水無月《ろくがつ》も終わりがけ。雨のない炎暑が、もう十日以上つづいていた。

「やっとお目覚めでございますか。もうそろそろ九つ（正午）でございますよ」

枕元で妻の志織《しおり》の声がした。

――せっかくの二日つづきの非番だ。どれだけ寝ようと俺の勝手だろう――

そう一喝《いっかつ》したいところだが、志織がむくれてややこしい話になるのはわかりきっている。

十五年の夫婦《めおと》暮らしですっかり丈夫になった堪忍袋《かんにんぶくろ》の緒《お》を締め直して起き上がってみると、志織は口をへの字に結んでうつむいていた。

(憶《おぼ》えがあると思うたら、あの黒豆の声は志織に似ておったのだな)

あるいは、惣介の寝ている耳元で、勝手放題の悪態を吹き込んでいたのかもしれない。団栗眼《どんぐりまなこ》の瞼《まぶた》とぺちゃんと胡坐《あぐら》をかいた鼻の先が赤らんでいるのは、すでにひと泣き終えたところなのだろう。頬に散らばった雀斑《そばかす》も、いつもよりよく目立っている。

「どうした。揉《も》めごとか」

惣介は嘆息《たんそく》を押し殺して、放り出してあった団扇《うちわ》でばたばたと胸元へ風を送った。町娘と連《つる》んではねっ返りな真似《まね》ばかりしている十四の鈴菜《すずな》と、怠け者で屁理屈《へりくつ》が得意な十一の小一郎《こいちろう》――子どもたちのどちらかが何かしでかしたか。さもなければ台所方の組屋敷《くみやしき》の内でひと悶着《もんちゃく》あったか。

何にせよ、惣介に聞かせることがあって、枕元に座り込んでいたに違いない。

「そういうお顔をなさらないで下さいまし」

「寝起きにいきなり理不尽《りふじん》なことを言うな。団子鼻《だんごばな》も、たれ気味の団子眼《だんごまなこ》も生まれつきだ。出っ張った腹同様、おいそれとは治らんぞ」

「お顔立ちのことではございません。お前様は、わたくしが相談を持ちかけようといたしますたびに、そのように『またか』と言いたげな顔をなさる。そのお顔つきのことを申し上げたのです」

まんざら身に憶えのない言い分でもない。惣介は我ながら急ごしらえの笑顔を作って、話を先に進めた。

「俺はそんな顔をしたつもりはないぞ。志織はとかく何ごとも曲げてとる癖があっていかん。それより何があったのだ。小一郎がぐずぐず言うて剣術の稽古《けいこ》をさぼったのか。それとも鈴菜が単衣《ひとえ》に黒襟《くろえり》でも掛けたか」

「いえ。組屋敷のご新造《しんぞう》様たちでございます。一昨日から、挨拶《あいさつ》も返していただけません。話しかけても聞こえぬふりをされます」

「向こう三軒両隣を相手に喧嘩《けんか》を売ったのか」

「まさか。いつも存分に気を使《つこ》うて、愛想《あいそ》良くして暮らしておりますのに」

俺にもそうしてもらいたいものだ、と喉《のど》まで出かかったが、もちろん言わなかった。

「ならば、志織の思い過ごしだろう。さっきも言うたが、そなたは、ときどき、人のすることを僻《ひが》んで解釈するから――」

志織が派手なため息を吐いて、惣介の口をふさいだ。

「金子《きんす》を出し合《お》うて何やら値の張る品を買う相談が進んでおるのでございます。仲間入りのお誘いを断りましたら、てきめん、爪弾《つまはじ》きになりました」

「それは志織がいかん。集まって行うことには、足並みを揃えて加わっておくものだ。わずかな費用をけちって、つき合いをおろそかにするから――」

「ようわかりました。ならば、お前様が床の間の壺《つぼ》に隠しておられる小判二枚、使うてもよろしいのですね。子どももひとりあたりに一両とのお話でございまして、とすると我が家は二両出すことになりますから」

絶句した惣介を、志織がぎゅっと見据えた。

「聞けばお前様もおかしな話だとお思いになるでしょう。それですのに、事情を細かくお話しせぬうちから、わたくしをお叱りになる」

「別に叱ったわけではないぞ。志織が困っておるようだから、方策を考えようとして――」

「そんなことはお願いしておりません。爪弾きなぞと大人げない。ひどいことをするものだ、と、一緒になって怒っていただきたかっただけです」

「口に出さんでも困った話だと思うてはおるさ。だが腹を立てただけでは解決にはならんだろう。それで――」

「もう、ようございます。お前様には頼りません」

志織の声が蟬の声に勝つほど高くなった。惣介もさすがにしかめっ面になるのを我慢《がまん》できなかった。

日常の細かなごたごたは、できるだけ避けたいのが本音《ほんね》だ。それゆえ揉めごとの話を聞かされると、ついつい軽くあしらう態度になってしまう。わかってはいた。かといって、権高《けんだか》になじられるほどの非があるとも思えない。

「簡単にもうよいと済ませられることなら愚痴るな。城中でも同輩や上役との軋轢《あつれき》は起こる。難しい決断を迫られることもある。俺はそれをいちいち志織にこぼしたりはせん。おのれひとりで乗りきっておる。新妻《にいづま》でもあるまいし、たかが近所づき合いぐらい上手にこなせんものか」

言い終えた途端に後悔したが遅かった。志織が恨めしげに唇を嚙《か》んだ。両目からぼろぼろと涙がこぼれ落ちる。

「お前様は、いつもそう。揉めごとが起きると、必ず、わたくし以外の誰かの肩を持って、わたくしの出来の悪さを責めて、それで仕舞いになさる」

「また、そうやって勝手な決めつけを言う。味方についたこともあったぞ」

事態がこんがらかるばかりだとわかっていたが、今さら引っ込みもつかない。

「いつでございます。何年前、何月、どのときの、どなたとの揉めごとで味方について下さいましたか。わたくしには憶えがございませんから、どうぞ、教えて下さいまし」

返事に窮《きゅう》した惣介を、それ見たことかと言いたげな顔で志織が睨《にら》みつける。と同時に、玄関に『時《とき》の氏神《うじがみ》』が現れた。もの柔らかな男の声で案内を請《こ》うている。

「よい、よい。俺が出よう」

なだめるつもりで引き受けたが、志織はもとより応対に出るつもりはなかったらしい。返事もせぬまま袂《たもと》を目に当て、ぷいと台所へ入ってしまった。

惣介があわてて単衣を着込み、裾《すそ》をはたきながら玄関へ出ると、ちょうど良いときに訪ねてきたありがたい氏神は、医師の滝沢宗伯《たきざわそうはく》であった。

宗伯とは、志織が血の道を患《わずら》ったときに世話になって以来のつき合いである。その縁で、宗伯の父の曲亭馬琴《きょくていばきん》には、城中や惣介自身の周辺でごたごたが起きるたび知恵を借りている。

「御膳所にうかがいましたら、非番とのことでここまで足を伸ばしました。ご在宅《ざいたく》で良かった」

肩で息をしながらも、宗伯は安堵《あんど》の笑みを浮かべていた。華奢《きゃしゃ》な首筋を汗の粒が伝っている。

「まずはお上がりなされ。茶でも差し上げましょう」

「それより今から一緒に、神田川堤《かんだがわづつみ》の柳原《やなぎわら》通りまでご足労願えませんか。堤に妙な食べ物を商《あきな》う屋台が出ましてね。これがどうにも怪しい。鮎川様の尋常《じんじょう》ならざる嗅《か》ぎ分けの力で調べていただけないかと考えてやって参ったのです」

虚弱な体質で日盛りを歩き回ったのだ。疲れているに違いない。にもかかわらず、宗伯は草履《ぞうり》を脱ごうともしない。――昼餉《ひるげ》どころか朝飯もまだ食うておらん。しばし待たれよ――とは言い出しづらかった。

惣介は早々と支度を調《ととの》えて、宗伯と並んで表に出た。志織の剣突《けんつく》にこれ以上つき合うより、空《す》きっ腹で炎天下に出かけるほうがまし。ひもじさは、そう考えてなだめた。

神田川の土手を両国広小路《りょうごくひろこうじ》までつづく柳原通りは、真夏の昼の陽射しに灼《や》かれて乾《かわ》いていた。

「あれです」

宗伯が指さしたのは、土手にひしめき並んだ古着屋や占い師の床見世《とこみせ》の途切れ目に、肩をすぼめるように商いを構えた屋台だった。

切り盛りをしているのは若い女で、屋台の前には出職《でしょく》の男たちが五人、赤ん坊を背負って幼い子どもの手を引いた女房が二人、列を作っている。

売っている物が見えないうちから、塩加減の良い鮨飯《すしめし》の香りと、味醂《みりん》と醬油《しょうゆ》で甘みを強めに煮込んだ油揚げの匂いが漂ってきて、惣介の腹の虫を鳴かせた。

「わたしが半年ほど施療《せりょう》してきた腰痛《ようつう》病みの隠居《いんきょ》がおりましてね。その隠居が、今朝やって来ていきなり『あんたは藪《やぶ》どころじゃねえ、筍《たけのこ》だ』と言うのです」

隠居の言い草によほど腹を立てているのだろう。宗伯は惣介の腹の音にも気づかずしゃべりつづけた。

「わたしの処方する薬より、あの屋台のほうがよっぽど役に立った。おかげで、すっきり腰の痛みが消えたと威張り散らしましてね」

「面妖《めんよう》な話だ。売っておるのは、どうやら寿司らしいが、寿司が腰の痛みに効いたと言うのか」

「そのあたりは問い質《ただ》しても口を濁《にご》すのですよ。まあ、その隠居だけなら『ご勝手に』と忘れてしまえばよいことですが、勘定してみると、頭痛持ちの女房やら、疳《かん》の虫の赤子やら、黙って通ってこなくなった患者が幾人もおりまして……あの……患者を取られてムキになっているわけではないのです。別にわたしのところに通わなくても、本当に治ったのなら、それでよいわけで……」

宗伯は神経質に頰を赤らめた。

「けれど、心を惑わせる巫術《ふじゅつ》に引っかかって、治ったような気になっておるだけだったり、莨卜根《ろうとこん》や附子《ぶし》のような、使い方を誤ると命に関わる薬が売り物に混ぜられていたり、ということもないとは申せません。万が一にも命を落とす者が出たら、と考えて心配になったものですから」

言葉を足せば足すほど、患者を屋台ごときに取られて焦っているかのように聞こえてしまう。それをみっともなく感じたのだろう。宗伯は馬琴によく似た薄い唇をへの字に結んで黙り込んだ。

医師の看板を掲げていても、患者に見放されてはおまんまの食い上げである。

(突然現れた商売敵《がたき》のことで、口うるさい母御《ははご》の百《ひゃく》に、やいのやいのとせっつかれて、仕方なく家を出てきたのやもしれんな)

埃《ほこり》にまみれてうつむいている宗伯が気の毒になった。体裁《ていさい》を気にするところは馬琴譲りだが、つくろい方に可愛げがある。

「滋養のある食物は幾らもあるが、年寄りから赤子まで万病に効く料理なぞ、見たことも聞いたこともないですからな。あるいは、とんでもない奸計《かんけい》が隠されておるやもしれん。調べてみるに如《し》くはない」

「鮎川様もそう思われますか」

いっぺんに足取りが軽くなった宗伯と並んで近寄ってみると、屋台の中では、二十三、四といった頃合の女が、真剣だがどこか心細げな顔つきで、長さ八寸（約二十四センチ）、幅二寸（約六センチ）ほどの茶色い長四角な固まりを切り分けていた。

見世の脇には小さな床几《しょうぎ》をひとつ据えて葭簀《よしず》を立て掛け、周囲には涼しく打ち水さえしてある。

「葭簀に奇妙な狐《きつね》の絵がぶら下がっておるでしょう。謀略を企《たくら》む一味の結託《けったく》の旗印《はたじるし》やもしれません」

宗伯がひそひそと自説を開陳《かいちん》した。

汗をぬぐいながら列に並ぶと、女が切り分けている茶色い物は、煮て開いた油揚げの中に鮨飯を詰めた料理だった。客の頼みに応じて、一寸ずつに切り分け、ひと切れ二文で、好きな数だけ笹の葉の皆敷《かいしき》に包んで売る形である。

屋台の握り寿司は、ひと口大に握った鮨飯に、小鰭《こはだ》、鮑《あわび》、玉子焼きといったネタを載せて、ひとつ四文から六文だ。くらべれば、ここのほうがだいぶん安い。

惣介たちのすぐ前に並んでいた赤子を負ぶった母親は、八寸の長四角を一本丸ごと買っていった。

「ひと切れずつもらおう。そこの床几に座って食べてもかまわんのか」

惣介の注文に、屋台の女は、包丁を扱いながらこっくりとうなずいた。

ぽっちゃりした頰が尖《とが》った顎《あご》へとつづく輪郭《りんかく》のきれいな童顔《どうがん》である。やや吊《つ》り気味の桃の種の形をした大きな目に、てっぺんが平たい鼻と、両端の上がった大きめな口。

(何かに似ておるが、はて)

小町と呼ばれるほどの造作でもなく、愛嬌《あいきょう》たっぷりという風でもないが、ふと心を惹《ひ》かれる可愛げがあった。

「そんなら、皿に載せます」

まごついたしゃべり方と動作のぎこちなさから、商売に不慣れなことが見てとれた。鼻の頭に汗をかいて、代金を受け取っても釣り銭を渡すにも小声で「毎度」とつぶやくのが精一杯で、笑みを浮かべるゆとりもないらしい。

だが、古いものながら包丁はよく研《と》いであるし、俎板《まないた》も腰につけた前掛けも清潔だった。

出先《でさき》や家で昼餉に食うために買い求める客が大半なのだろう。惣介たちのあとからも客は次々とやって来たが、のんびり床几に腰を下ろしたのは、惣介と宗伯だけであった。

いつもならすぐにパクリといくところを堪《こら》えて、惣介は皿の上の『それ』をしげしげと眺めた。宗伯が懸念している薬の臭いは感じられない。

油揚げは長いほうの辺に切れ目を入れて、わずかな破れ目もなく丹念に広げ、中につやの良い鮨飯がきれいに詰めてあった。おそるおそるひと口齧《かじ》ってみる。塩加減のちょうどいい酢飯の香りと優しい甘辛さと油揚げに残った油分が、口の中でほどよく溶け合ってあとを引く。残りもつい口に放り込みたくなった。

（御膳所で作って、上様にお出ししてみてはどうであろうなあ）

本来の目的とは別に、台所人の役目柄からくる興味も頭をもたげてくる。また、余計なことを思いついたと、組頭から剣突《けんつく》を食らうのが関《せき》の山かもしれないが。

「安くて旨《うま》いゆえ流行《はや》っておるのでしょう。特に気になる臭いもなし。怪しむべきふしはないようだ。薬効があるようにも思われん」

しゃべりながら見返ると、隣に座った宗伯は、皿に載った物から少しでも遠ざかろうとするように、床几の端に腰をずらしていた。自分の身を離すのと引き替えに、皿のほうはだんだんこちらへ押して寄越《よこ》したらしく、惣介の腿《もも》のすぐ脇まで来ている。

(おのれは近くに寄ることさえ恐れているくせに、俺には嗅いで調べさせる。大したお医者殿だ)

腹が立つのを通り越して何やら可笑《おか》しくなってくる。

「そう心配せんでも、化けて飛びついたりはしませんぞ」

冷やかしながら自分の皿のをひと口で平らげ、宗伯の皿の分も手に持ってかぶりついた。

(尾張《おわり》の粕《かす》酢《ず》に瀬戸《せと》の十州塩《じっしゅうえん》。安い材料で器用に味がつけてある。大したものだ)

朝餉《あさげ》も昼餉も抜いた腹にしみ渡るほど旨かった。宗伯が、やはり食べてみれば良かったと言いたげな顔になったから、余計に旨く感じられる。

「いや、その、あの、決して……」

しどろもどろになった宗伯の後ろから、湯呑《ゆの》みを持った乳色の手がひょいと出た。水仕事で荒れてはいるが、桜色の小さな爪《つめ》が可愛らしい。

「井戸水で冷やした茶です。亭主がさっき運んできました」

屋台の女だった。舌っ足らずで、ぷつぷつと刻むような話しぶりながら、小首を傾《かし》げ目を細めて曖昧《あいまい》に微笑《ほほえ》んでいる。

宗伯は助け船にしがみつく勢いで湯呑みを取り、一気に茶を飲み干している。その横で、惣介は心中《しんちゅう》はたと膝《ひざ》を打った。

（すぐにわからんとはどうかしている。顎の下を撫《な》でたら、目を細めてごろごろと喉を鳴らしそうな顔ではないか。間違いない。猫だ。猫にそっくりだ）

猫の陰謀。言葉を思い浮かべただけで馬鹿馬鹿しくなって、惣介は手の中に残った分を心楽しく味わった。

「女将《おかみ》、こういうものは初めて食べたが、ずいぶん旨いな。そなたが考え出して作ったのか」

惣介の問いかけに、女は大きな目を一段と見開いて耳たぶをいじくった。

「料理したのはあたしですけど、あたしは――」

「そなたってえ柄《がら》じゃねぇ。里《さと》って名前で、あっしの女房でさぁ。見てのとおり別嬪《べっぴん》で料理も上手《うま》い。そいでもって、亭主で男前のあっしは、春吉《はるきち》と申しやす。ぜひ、お見知りおきを」

猫顔の里の話を、男の塩辛声《しおからごえ》が途中から引き取って、立て板に水でしめくくった。

いつの間に現れたのか、大判の饅頭《まんじゅう》を掌《てのひら》で軽く潰して、その上にちょいちょいと小さな目鼻を散らばしたような顔の男である。両手に小さな物を持って、それをひょこひょこ振りながらこちらに向かって歩いてくる。

声は渋いが、背丈は里より少し高いだけだし、腕っ節もいたって弱そうだった。歳も女房と似たり寄ったりだろう。女房と大違いなのは、舌の回りの良さである。

「そいから、屋台の売り物は、作ったのは里だが、考え出したのはあっしです。お狐様の好物の油揚げで飯をくるんだ寿司ってことでその名も〈稲荷寿司《いなりずし》〉。どうです、ちょいとしゃれた名付けでござんしょう」

「ははあ。それで、下手くそな狐の絵を旗にして葭簀に引っ掛けてあるのか。どうやら、わたしはとんでもない勘違いをしたようだ」

宗伯が大いに恥じ入ったような声を出した。医者としての腕は立派なものだが、謎を解く力は父親に遠く及ばない息子である。

「下手くそとは、ひでぇ言われようだ。近所の絵師の先生には、なかなか見込みがあると褒《ほ》められたんですぜ。本気で修業を始めたら、すぐ売れっ子絵師になるんでしょうけど、あっしも何かと忙しいもんですからね」

本気で言っているらしい。浮《うわ》ついた態度と薄っぺらな話しぶりが嫌味に感じられないのは、饅頭顔の御利益《ごりやく》だろう。里は自惚《うぬぼ》れ屋のおしゃべり亭主をどう思っているのか、眠そうに目を細めて立っているだけで止める様子もない。

「まあいいや。それより、旦那方。ご新造さんへ土産《みやげ》はどうです」

春吉は、手に持っていた品を惣介と宗伯の前にかざして、にぃと笑った。

右手のほうは箸《はし》のようだが、上部がささらに割ってあって歯磨き楊枝《ようじ》にも見える。

「こいつは『箸楊枝《はしようじ》』と名付けやした。箸のほうで飯をかっ込んで、くるりとひっくり返せば歯が磨ける。楊枝のほうで手水《ちょうず》を済まして、さっさと朝飯に取りかかれる。節約な道具でやしょう」

「節約かもしれんが、何やら飯が不味《まず》くなりそうな代物だな」

惣介が遠慮のない意見を述べても、春吉はいっこうにへこたれなかった。

「それじゃ、『草鞋雑巾《わらじぞうきん》』はどうです」

と、今度は左手のほうを突き出して、講釈を始める。こちらは、草鞋の裏に雑巾がぴったりと縫いつけてあった。

「見たとおりの物ですがね。廊下でも畳でも、こいつを履いて歩けば、手早く拭き掃除が済んじまう、たいそう重宝な話でござんしょう」

「うちのやんちゃ坊主の倅《せがれ》が喜んで履きそうだ。母親は喜ばんだろうが。安ければ買ってもよいぞ」

何につけても一家言《いっかげん》ある小一郎を思い浮かべ、惣介は軽い気持ちで話に乗った。

が、春吉はふっと沈んだ顔つきになった。薄い雲が一瞬陽射しをさえぎったかのような間が空いた。里は、と見れば、すでに屋台の中へ戻って、こちらに背中を向けている。

「どうした。値はいくらだ」

惣介に問われて、自分のいる場所を思い出したかのように、春吉はへらへら顔に戻った。

「いや、今日は商売はよしやしょう。それより〈稲荷寿司〉、お気に召したら、せいぜいあちこちで触れて回っておくんなさい」

気楽な町人としか見えなかった〈稲荷寿司〉屋台の夫婦が、にわかに訳ありに見えてきた。

(どういうことだ。草鞋雑巾を売ることが何かの符丁《ふちょう》になっているのか)

宗伯は何も気づかなかった様子で二杯目の茶を飲み干し、さらに替えを所望している。惣介も首を傾げながら湯呑みを手に取った。

だが、口をつける暇はなかった。雪駄《せった》で埃を巻き上げながら、片桐隼人《かたぎりはやと》が通りを走ってきたのだ。

隼人は、御広敷添番《そえばん》という、大奥の警護を司《つかさど》る役目に就《つ》いている。惣介とは幼なじみでもある。二人はこれまでも手をたずさえて、様々な出来事の探索に当たってきた。

「諏訪《すわ》町の組屋敷まで行って、おぬしは柳原だと志織殿から聞かされたのでな。ここまで走ってきたのだ」

隼人は葭簀の外で額の汗をぬぐった。

この男は、炎天下を散々走り回っておきながら、息ひとつ切らしていない。

互いに三十路《みそじ》も後半の歳になっているが、隼人のほうは日頃の鍛錬の結果、すっきりした体型を保ち、剣の腕も上がっている。加えて切れ長の涼しげな目元と、穏やかな笑みの似合う整った口元を取り揃えた男っぷりも、一向衰える気配がない。

惣介は、せり出したおのれの腹と比べるごとに、面白くないのである。

(志織め。台所にこもったふりで、宗伯の話に聞き耳を立てていたな)

おかげで隼人に出会えたのだから文句を言う筋合でもないが、いささか腹立たしい。

憮然《ぶぜん》とした惣介に気づいた風もなく、隼人が背の粟《あわ》立つ知らせをささやいた。

「千登勢《ちとせ》が殺されたようだ」

二

千登勢は、現将軍、家斉《いえなり》の側室のひとり、美代《みよ》の方が召し使っていた部屋方《へやかた》だった。

皐月《ごがつ》の半ばに、大奥の下働きをする御末《おすえ》のひとりが命を落とした。死んだ御末はあらしという呼び名で、大奥の内情を探るべく、何者かが送り込んだ間者《かんじゃ》だったらしい。

千登勢はその死に絡んでいた女である。

御末の事件そのものは、長年の大奥のやり方にならって、すべて『天狗《てんぐ》の仕業《しわざ》』で片がついていた。だが、多くを知りすぎている千登勢は表に放つこともできず、罰することも難しく、事件のあと、御右筆《ごゆうひつ》のりゅうの部屋に移して、部屋方の仕事をつづけさせていた。家斉からの直々の下命で、りゅうが事件について内密の聞き書きを取っていたとも聞いている。

その千登勢が四日前の朝、忽然《こつぜん》と行方知れずになった。以来、隼人たち添番と伊賀衆が、大奥に入って不眠不休の探索をつづけ、御広敷も落ち着かない状態だったのである。

「殺されたようだ、と言うたな。そういう噂《うわさ》が出たのか」

周囲を気にしながらの惣介の問いに、隼人は小さく首を横に振った。

「いや、骸《むくろ》が見つかった」

話しながら、隼人は屋台から離れた。大奥の中の出来事を町人に聞かれるわけにはいかない。人死《ひとじ》にとなれば、なおさらである。

宗伯が春吉の際限のないおしゃべりに巻き込まれているのを確かめて、惣介は隼人のあとにつづいた。並んで、床見世の群れから外れた土手の柳の根方《ねかた》に腰を下ろすと、隼人は話をつづけた。

「見つかった場所は大奥、二の側の乗り物部屋。それも中年寄の藤島《ふじしま》様が御常用の網代鋲《あじろびょう》打ちの駕籠《かご》の中だ。骸の首には絞めたあとが残っておった」

惣介は息を呑んだ。

乗り物部屋の駕籠は、埃や湿気を防ぐために油単《ゆたん》と呼ばれる布で全体を包み、さらに木箱に収めてある。重くて頑丈な駕籠を木箱から出し油単を外さなければ、中には届かない。

つまり、ひとりで、できることではないのだ。

誰かが、骸を駕籠に入れたか、生きたまま駕籠に入れておいて殺したか。どのような場合でも、二人以上の下手人が関わっているはずだ。

「殺されたとはっきりしておるではないか。それで『ようだ』とは、何が気に入らんのだ」

「気に入らんと言うたか」

「顔に書いてある」

暑さの中、それも骸が見つかってごった返している最中に、わざわざ惣介を捜しに出て事情をしゃべっている。気にかかることがあるに決まっていた。

「汗と埃が文字に見えるのか。器用だな」

隼人は面白くもないと言いたげに、ごしごしと顔をこすった。

「骸は裸に剥《む》かれて、どす黒く腐り皮膚も緩んで、顔も判別がつかんほど崩れた姿だった。背丈が同じぐらいなのと、脇にいなくなったときに着ていた単衣が置いてあったことから、千登勢だということになったのだ」

「確かに、いなくなってすぐ殺《あや》められたとしても、四日でそこまで傷むのはちとおかしい。が、この暑さだ。室《むろ》のように締めきった乗り物部屋で息絶えたとすれば、腐りも早かろう。他に行方をくらました奥女中もおらんのだ。千登勢に間違いあるまいよ」

あっさり納得した惣介にがっかりした様子で、隼人は川に目をやった。

「おぬしはそうやって、すぐ物事を簡単に収めようとする。腑《ふ》に落ちんのは腐り具合のことばかりではないのだ」

おぬしが難しく考えすぎるのだ、と言い返すひまもなく、隼人は話をついだ。

「いいか。二の側の乗り物部屋は、一昨日も俺と伊賀衆の服部又衛門《はっとりまたえもん》とで調べた。木箱の周囲をひとつひとつ見て回った。臭いも何もなかった。俺も服部もおぬしほど鼻が敏《さと》くはない。それにしたって、わずかな異臭も感じなかったとは妙だろう」

「なるほど。おぬしから聞いた今日の骸の様子からすれば、一昨日にはもう、全身が脹《ふく》らんで、ずいぶん臭っていたはずだからなあ」

駕籠と布と木箱のすき間から、嫌な臭いがこぼれていて当然だ。骨身を惜しまず仕事をする隼人が、気づかなかったとは思えなかった。

「一昨日は二の側の乗り物部屋に骸はなかった――と、そういうことか」

「そのとおり。暑さにも負けず、今日はわかりが早いではないか、惣介」

けなしているように聞こえる褒め言葉につづけて、隼人がつけ加えた。

「まだある。問題の木箱だが、俺も服部も見た覚えがないのだ。木箱なぞ、どれも似ておるし、そもそも木箱を捜していたわけでもない。だがなあ、二人とも覚えがないというのは解《げ》せんだろう」

大奥の中では、骸入りの木箱をどこに隠しても、臭いを誤魔化《ごまか》せまい。その臭いがなかったことからも、骸は外から来た、と考えるのが自然だ。まず駕籠入りの木箱を表に持ち出し、中に骸を入れて乗り物部屋に戻す、そういう筋書きが見えた。

(とすれば、下手人は男か)

複数の奥女中が組んでやったのならば、すべてを乗り物部屋の中で済ませてしまうほうが簡便《かんべん》だ。

「木箱が表から来たのだとして、外で殺したあとわざわざ駕籠に詰め込んで大奥に持ち込むなどと、念の入った手間をかけた狙いがわからんな」

ようやく、隼人の『気に入らない』に頭が追いついた。

大奥には五ヵ所の乗り物部屋がある。それぞれの部屋に駕籠が七十挺《ちょう》から八十挺、仕舞われてあって、入口には錠がかかっている。どうやって木箱を持ち出し、また戻したのか。それも謎だ。二の側の乗り物部屋と中年寄、藤島の駕籠が目的を持って選ばれたのかどうかも気にかかる。

「骸を見つけたのは、おぬしと服部又衛門か」

「いや、俺と服部は、今日は御殿のほうの受け持ちだった。二の側を調べていたのは、添番仲間の石木《いしき》善之助《ぜんのすけ》と野々山《ののやま》右近《うこん》だ。気の毒に、千登勢の親元まで棺桶《かんおけ》を担《かつ》いでいった。臭いがひどすぎて、とても御広敷には置けんのでな」

隼人の声が低く沈み、惣介も複雑な思いで目を閉じた。

「因果応報《いんがおうほう》と言うべきか。ひどい死に様だな」

親しく知った相手ではない。それでありながら、千登勢のしでかしたことに隼人も惣介もずいぶん振り回された。その千登勢が、前の事件からふた月と経たないうちに殺されたと聞けば、あまりに呆気《あっけ》なく、くすぶったまま火が消えたような、嫌な落ち着かなさが残る。

「骸が千登勢だとすれば、そういうことだが――」

言いかけた隼人をさえぎるように、〈稲荷寿司〉屋台のほうからわっと声が上がり、どすんと何かが倒れる音と皿や湯呑みの割れる音が聞こえた。振り返ると、存在をすっかり失念していた宗伯が、床几の傍にひっくり返っている。

大奥の骸をとりあえず棚に上げて、隼人が素早く立ち上がった。惣介もふた息遅れて、屋台のほうへ走り出した。

「やられました。ひどいめまいです。やはり、この屋台には、何かある」

隼人に抱き起こされて、宗伯がうわごとのようにささやいた。血色の悪い顔が、冷や汗にまみれてさらに蒼白《あおじろ》くなっている。

「おい、聞き捨てならねぇことを言ってくれるじゃねえか」

固まったようになって近くに立っていた春吉が、宗伯の言葉を聞き咎《とが》めた。

「痩《や》せっこけた体で歩き回ってお天道《てんとう》様にやられっちまったのを、うちの〈稲荷寿司〉のせいにしようってのかい」

声がことさら大きいのは、屋台に並んでいる客や集まってきた野次馬を意識してのことだろう。

「〈稲荷寿司〉のせいだとは言うておらんぞ。宗伯はひと口も食べなかったのだからな」

惣介が口添えしても、春吉は黙らなかった。

「食ってないならなおのことじゃねぇか。そのお人は同朋町《どうぼうちょう》の医者だろう。こんなところで倒れて、藪医者の不養生を屋台のせいにされちゃ、商売上がったりだ。いや、かなわあねぇええなあ」

手を貸そうともせず、歌舞伎役者よろしく仁王立ちになって型を決めるから、野次馬のうちから拍手とかけ声が起こった。その春吉の背中を突き飛ばして、里が走り寄ってきた。

「あんた。余計なことをしゃべるしか能がないんなら、そのやかましい口、大川《おおかわ》へ捨てっちまいな」

　里の口から出たとは思えない小気味のいい啖呵《たんか》が響きわたった。

　柳原通りは、一瞬、静まりかえった。が、すぐに騒ぎ好きの江戸っ子の本領がしゃしゃり出て、古着屋が混ぜっ返す。

「そりゃいいや。春吉、ついでに体ごと、どぼんと行っちまいな」

　列に並んでいた大工が、威勢良くつけ加えた。

「飛び込む前に三行半《みくだりはん》を書いとけ。そいつがないと、どんぶらこっと天竺《てんじく》まで流れっちまったおめえを、女房がいつまでも捜す羽目になる」

　三行半は、女に亭主と離縁して別の相手と夫婦になることを認める、許し状の役割を持っている。それなしに春吉が行方知れずになれば、生き死にがはっきりするまで、里は再縁もままならない。大工の言うことは戯《ざ》れ言《ごと》ながら理にかなっていた。

　笑い出した野次馬たちに「やかましい」とわめいてから、春吉は里に向かって情けない声を出した。

「……里。怒ったのか。俺が悪かった。すまねえ。いくらでも謝る。大川まで出向くこともねぇや。この口は、今すぐ神田川に放り込んじまおう」

野次馬の言いたい放題にも春吉の詫《わ》びにも見向きもせず、里は隼人に手伝わせて宗伯を地面に寝かせた。素早く外した前掛けを枕代わりにして、額に濡《ぬ》れた手ぬぐいを載せる。

「お天道さんに上《のぼ》せたんだから、水を飲ませるのがいいんだけど」

頼まれるまでもなく惣介が水を捜しに出て戻ると、宗伯は気を失ったように眠りこけていて、春吉が隼人と里の後ろで手を揉み立てながらうろついていた。


結局、惣介と隼人は、一向に目を覚ます気配のない宗伯を両脇から抱えて、神田同朋町の家まで送り届ける行きがかりになった。

おまけに宗伯の母であり、曲亭馬琴の女房である百からは、礼を言われるどころか、しつこく宗伯の倒れたわけを問い質《ただ》され、くどくどと恨み言を聞かされた。春吉ではないが「かなわあねぇえなあ」である。

「大汗をかいて連れ戻ってやったのに、まるで俺たちが宗伯に一服盛ったかのような責められようではないか。医者のくせに用心が足らん倅《せがれ》のほうを叱ればよさそうなものだ」

滝沢家から表に出たところで、惣介はぶつぶつと不平を鳴らした。

「俺たちがいなくなった途端に、息子の枕元で説教を垂れているだろうさ。母親とはそうしたものだ」

おぬしの母御の以知代《いちよ》殿も似たような質《たち》だからなあ、と言いかけて、惣介は口をつぐんだ。遠慮したからではない。隼人が相変わらず上《うわ》の空なことに気づいたからだ。思い起こせば、百にかき口説かれている間も、隼人は暗い目をして何やら考え込んでいた。

「先刻から何の思案をしているのだ。聞かせてくれれば一緒に頭を絞るぞ。千登勢のことか」

「ふむ。それが……」

隼人が途中で言い止めて、唇を嚙んだ。

「今はよそう。軽々しく口にするようなことではない。少し俺ひとりで調べてみて、証《あかし》が出たら詳しく話す」

「屋台のことはどうだ。宗伯が倒れたのは暑さのせいだと思うか。めまいがして、気が遠のくとは、如何《いか》にもそれらしいが」

隼人は千登勢の件で気もそぞろになっていたのだ。あてにして問うたわけではなかった。が、しばらくの沈黙のあと、思わぬ返事がきた。

「少なくとも、春吉が周りにそう思わせようと動いていたのは確かだ」

言われてみればそのとおりである。春吉は、宗伯がささやいただけの疑惑を、躍起になって『お天道様にやられた』ことにしようとした。里はそれを信じた様子で、炎熱《えんねつ》に負けてひっくり返ったものと決めて介抱《かいほう》していた。

「隼人、おぬし、よう気づいたな」

「野次馬の言うた三行半のことが頭に引っかかった。ついでに春吉の様子にまで目がいった。それだけのことだ」

「おぬし、もしや、またよからぬことを考えておるのではあるまいな」

三行半に気を取られたと聞いては、黙っていられなかった。

隼人とご新造の八重《やえ》は、二度の流産と、隼人の頭の固さ、八重の気性の激しさに加えて、同居している隼人の母、以知代の口うるささ、と、いくつもの難題を抱えている。それで、ここ一年ほど夫婦仲がおかしくなっているのである。

「八重殿のように美しくて情の濃いご新造を手放せばきっと後悔する。それになあ、知らんはずはないと思うが、武家は三行半では夫婦別れできんのだぞ」

「惣介のたわけ。そんなに俺と八重を離縁させたいのか。たいがいにしろ。おぬしこそ、志織殿がずいぶん泣いていた様子だったぞ。心根のやさしい嫁御《よめご》を粗末にしておると、そのうち実家から尻《しり》が来る。おのれの心配が先だろう」

言い捨てざま隼人がすたすたと歩き出したから、惣介は腹を揺らしてあとを追う仕儀になった。

「怒るな。友として案じただけではないか」

「怒ったのではない。ひょいと思いついた妙な当て推量が当たっているか、否か、早《はよ》う探ってみたくなっただけだ」

情けないが、惣介には隼人の推量の中味が計れなかった。かといって、真っ直ぐに訊《たず》ねて、再びたわけ呼ばわりされるのも業腹《ごうはら》である。

「いかんな。九つもだいぶ過ぎたというのに、朝からさっきの〈稲荷寿司〉を食っただけだ。それもたったふたつぽっきりだ。気づかなんだが、暑気あたりで食が細っておるのだなあ。それで頭の動きも鈍《にぶ》ってしもうて、おぬしが考えつく程度のことも思いつけん。嫌でも何でも、まず飯を食わねばなるまい。辛《つら》いのう」

「よう、まあ、いけしゃあしゃあと。何が辛いのだ。おぬしが食うのを嫌がるところを、一度でよいから見たいものだ」

隼人は呆《あき》れた顔で笑い出して足を止めた。

「野次馬の科白《せりふ》から考えついたのは、骸が乗り物部屋に現れた所以《ゆえん》さ。骸か生きた姿か、どちらかが現れん限り、いつまでも千登勢捜しはつづく。それを防ぐために骸を見つけさせたのではないか、と推量したのだ」

一理あった。

大奥の場合、女が姿をくらましたときには、生死を問わず、見つけることが肝要なのだ。見つかりさえすれば、たとえ殺してあっても真相が深く究明されることはまずない。たいていは病死扱いになるし、ごまかしがきかないほど状況が不可解であれば、下手人は狸《たぬき》か狐か天狗か幽霊で決まりだ。

となると、隼人の——見つかった骸は千登勢ではないかもしれない——という疑いも現実味を帯びてくる。

千登勢をこっそりと逃がして、よく似た体つきの骸を大奥に戻す。千登勢は死んだことになるから、追っ手は来ない。千登勢を大奥から連れ出すことが目的なら、面倒な手間をかけるだけの甲斐《かい》はある。

「仮に、骸が別人のものだとしたら、千登勢はどこへ消えたのだ」

どこへ、だけではない。誰が、何のために、と、謎は幾らでもふくらむ。

「今は、わからんことだらけだ。とにかく俺は城に戻る。おぬしは春吉と里を探りに行け」

　ぐんぐんと足を早める隼人に昌平橋《しょうへいばし》の上で置いてけぼりを食らって、惣介は欄干《らんかん》にもたれてはあはあと息をついた。喉がひりつくほど渇いていた。

（同朋町で、百が白湯《さゆ》一杯も振る舞ってくれなんだせいだ）

　恨めしく思い浮かべた途端、背筋が伸びた。〈稲荷寿司〉屋台の床几で宗伯だけが口にしたもの。それがようやく思い出せたのだ。

　やはり、本物の暑さ呆《ぼ》けのようである。

三

　赤ん坊が喉も裂けんばかりに泣いている。甲《かん》高く、せからしく、聞いているだけで、背中にべったり汗が湧いてくる声だ。

〈稲荷寿司〉屋台の脇で、やつれた顔の若い母親が負うた赤子をあやしていた。一向に泣きやまない我が子に嫌気がさしているのだろう。母親は眉間《みけん》に皺《しわ》を寄せて、足踏みをし体を揺すっている。里が傍に立って、母親と赤子に声をかけていた。時分時《じぶんどき》が過ぎたせいか、屋台の周辺には他に誰もいない。春吉も、使いにでも出たのか、姿がなかった。

惣介は少し離れた古着屋の前で立ち止まって様子を見ていた。

「乳もたっぷり飲ませたし、襁褓《むつき》も替えたのに、泣いてばっかし。生まれてから五《いっ》月《つき》ずっとこうだもの。おまんまもゆっくり食べさしてくれやしない。どうにもこうにも、やになっちまって」

今にも赤子と一緒に泣き出しそうな声は、ずいぶん幼かった。二十歳には、てんで手が届いていまい。

「ちょいと負《お》ぶい紐《ひも》を外して、つるちゃんをこっちへお寄越しよ。あたしが抱っこしてみよう。あんたは顔でもぬぐって〈稲荷寿司〉を食べな」

急に親の背中から下ろされたから、つるは体を突っ張ってひときわ大声で泣き出した。が、里は手慣れたものだった。

「やれ、元気だこと。暑いものねえ。そりゃ辛かろうよ」

商売をしているときよりよほど滑《なめ》らかに話しかけながら、つるをすっぽりと腕に抱えて葭簀の陰に腰を下ろす。濡れ手ぬぐいで汗疹《あせも》のできた首筋や顔を拭いて、背中をぽんぽんと叩《たた》くようにさすってやる。

それでもつるは頑固に泣きやまなかった。

「ほらね。泣きやみゃしない。ああもう、なんて子だろう」

とうとう母親の頬を涙が伝い出した。

里は競って泣いている母子を見比べ、しばらく思いあぐねる様子でいた。が、ようやく心を決めたように、反《そ》っくり返る赤子を器用に抱いたまま屋台に戻って、綿を晒《さら》しでくるんで首っ玉に見立てた小さな人形を取り出してきた。それをつるのぷっくりした短い指に握らせ、自分の手を添えて口元に近づけてやる。つるは声をからしながらも、腫《は》れぼったい目で人形を追いかけた。

「ときどき何で赤ん坊なんか産んじまったんだろうって悔やんでさ。どっかに捨ててこようかって……」

手で目をぬぐって洟《はな》をすすっている母親に、里は優しかった。

「そんなもんさ。どうやっても泣きやまないんじゃあ、誰だって草臥《くたび》れっちまう。うちの信坊《しんぼう》も泣いてばかりだったから、よくわかるよ」

若い母親は、ほっとしたように息を吐いて何かしゃべり出そうとしたが、すぐ、気まずそうに口を閉じた。

「ごめんなさいよ。思い出させちまったねえ」

「謝ることなんかありゃしない。思い出すも何も、忘れるってことがないんだから。

それより、つるちゃんはおねむになったようだよ」

いつの間にか泣き声はやんでいた。赤ん坊は首玉人形をしゃぶりながら、眼《まなこ》を半眼に閉じている。異様に思えるほど、とろんと陶酔《とうすい》した顔つきになっていた。

「泣いてなきゃ、こんなに可愛いのにねえ」

里と母親は顔を見合わせて笑顔になったが、惣介は首を傾げた。

(いやに急に泣きやんだな)

奇妙な気がした。

惣介の倅の小一郎も赤子の頃、泣き出したら止まらない質《たち》だった。暑い、寒い、眠い、腹が張っている、体のどこかが痒《かゆ》い、痛い——泣きわめくわけはいくらもあり、その因《もと》が解決されるまで、あるいは疲れきって寝てしまうまで、泣きやむことはなかった。

つるは泣き寝入りしたのではない。首玉人形で泣き止んだのだ。綿を晒してくるんだだけのものが、それほどまでに赤子を魅了《みりょう》するだろうか。

「信吉《しんきち》って言ったんでさ」

ひそめた声が聞こえた。考えにふけっていた惣介が驚いて振り向くと、古着屋の亭主が立ち上がって、同じように女二人の様子を眺めていた。春吉と似たような歳格好だが、春吉よりはよほど目端《めはし》の利きそうな顔をしている。

「春吉夫婦の倅ですよ。ようやく歩き出して可愛い盛りだったが、風邪をこじらして死んじまいましてね。この春の桜の散りじまいの頃でやした。何しろこの辺りの医者は、大方が藪か筍だからねぇ」

「この辺りの医者というと――」

宗伯も当てはまる。だが、研究熱心で腕の良い宗伯は藪医者ではない。全部を訊《たず》ねるまでもなく、古着屋は察しが良かった。

「ちっと前に、あの屋台んとこでひっくりけえったお連れは、滝沢宗伯先生でやしょう。あの先生だけは頼りになるんだ。それが間の悪いことに、信坊が熱でひきつけを起こしたときにゃ、お武家の診察に出かけて留守だったんでさぁ」

「それでは、春吉と里は、肝心のときにおらなんだ宗伯を、恨めしく思うているのだろうなあ」

「あっしは、あの夫婦と同じ神田明神《みょうじん》下の伊《い》助店《すけだな》に住んでやしてね。あの二人の気だても心持ちもよくわかっているつもりだ。春吉はあのとおりふわふわした野郎だし、里さんも呑気《のんき》に笑うのをすっかり忘れっちまった風だ。けど、二人とも、どうにもならねぇことを他人様のせいに押っつけるような、そんな曲がった質じゃねぇですぜ」

亭主は商いに戻りながら、つけ加えた。

「だいたい、恨んでたら、ひっくりけぇったときに手を貸したりはしないんじゃないですかい」

惣介は、古着屋の亭主の暗黙の無心《むしん》に応えて、涼やかな柳《やなぎ》色の帷子《かたびら》を買い求めた。怒らせたまま放り出してきた志織の機嫌を取り結べれば、一石二鳥《いっせきにちょう》である。

（この話、宗伯にはどう切り出したものか）

宗伯は何も知らないに違いない。知っていれば、春吉夫婦に妙な疑いをかけるはずがなかった。思案投げ首している間に、若い母親が赤子を背負い直して帰っていった。小さな手に、首玉人形がしっかり握られているのが見えた。

焦《こ》がれても戻らないものを悔やみ、それゆえに苛立《いらだ》つ。そんな眼差《まなざ》しで幼子と母親を見送ってから、里はぼんやりした顔で床几に腰を下ろした。物思いに沈んでいたせいだろう。傍に立った惣介に気づくまで間があった。

「あれ、さっきのお武家さん……」

惣介が戻ってきたのをいぶかしむ声音《こわね》だった。

「〈稲荷寿司〉、また食べに寄ってくれたんですか」

笑顔を作ったものかどうか迷っている様子で、里はじっと惣介を見た。

「いや、〈稲荷寿司〉はたいそう旨かったが、今は喉が渇いておる。それで、さっき飲みそこねた茶を一杯、馳走《ちそう》してもらえんかと思うてな」

里は屋台に駆け戻ると、ほっとした表情で竹筒と湯呑みを取ってきた。

「お連れが三度お代わりをなすったんで、あんまし残ってないけど、湯呑み茶碗《ぢゃわん》一杯分ぐらいなら、まだありそうですよ」

ためらいも邪気もなかった。竹筒を振って最後の一滴まで湯呑みに注ぎ、惣介に手渡すと、昼下がりの陽の向きに合わせて葭簀を動かそうとする。

「気を遣わんでもいい。柳の下で川風に当たりながら飲もう。商いをつづけてくれ」

素直にうなずいた里に背中を向けて、惣介は神田川を見下ろす土手の傍で茶に鼻を近づけた。

（これは読み違えたか）

薬缶《やかん》で煮出した煎茶《せんちゃ》。それ以外の臭いは感じられない。試しにひと口含んでみても、ただの渋みの強い茶でしかなかった。

里が屋台で客の相手をしているのを確かめて、惣介は残りをこっそり柳の根元に流し、礼を言って湯呑みを戻した。

「春吉がおらんようだが、新しく茶を沸《わ》かすのを手伝おうか」

惣介の言葉に、里は一瞬ぽかんとした顔になって、それから大急ぎで首を横に振った。

「とんでもない。お武家さんにそんなこと。亭主はすぐ近くまで苧殻《おがら》売りの仕事をもらいに行ってんです。じき戻りますから。そしたら、長屋から次の茶を運んできます」

苧殻は盆の季節物だ。家の角先で迎え火と送り火を焚《た》くのに使う。毎年、文月《しちがつ》の声を聞けばすぐ、市中のあちこちに苧殻売りの声が響き始める。

「突拍子もない考案にうつつを抜かして遊び暮らしておるのかと思うたが、季節物売りの仕事をしておったのか。見直してやらんといかんな」

世辞《せじ》半分だったが、里は嬉《うれ》しげに瞬《また》きしてこっくりとうなずいた。

「新奇《しんき》な趣向を世に出すのを励みに、熱心に稼ぐんですよ。ここしばらくは『洗濯からくり』を作ることばっかし。洗濯物を入れた箱付の水車を川の浅瀬《あさせ》に突き立てて、流れに洗わせようって工夫だけど、売れるんでしょうかねえ」

無理なような気がした。江戸市中の堀はきっちりと囲われて流れが遅いし、水車を立てて、洗濯ができるほど水がきれいではない。目黒《めぐろ》や青山《あおやま》に広がる百姓地ならば清水の流れる浅瀬もあろうが、百姓たちはからくりに金を払うより、従来どおり自分の手を働かせるほうを選ぶだろう。

「なにしろ新しい工夫ができると夢中になっちまうんで、みんなにひょうろく玉だと思われてんです。けど優しい亭主なんですよ。信坊のことも、そりゃあ可愛がって……」

里が不意に黙り込んだ。しゃべり疲れたのでない証拠に、唇を噛んで、鼻の頭が赤くなっている。

「信坊……父親の吉の字をもらって、信吉か。風邪をこじらせたそうだな」

返事の代わりに短く息を吐いて、里は湯呑みを桶の水ですすいだ。

「へえ。歩けるようになって、『ちゃん』を憶えて、そいで仕舞いです……呆気《あっけ》ないもんで」

淡々とした乾いた口調が、かえって哀しみの深さを物語っていた。

「油揚げの煮たのは信坊の好物で。で、亭主が、世間の人にも食べてもらったら、なんか供養《くよう》になるんじゃないかって〈稲荷寿司〉を考えたんです。この屋台も、季節物売りの元締めからさっさと借りてきちまって。気は紛れるけど、ゆっくり泣く閑《ひま》もありゃしません」

しゃべりながら、里は、俎板を洗い、包丁をぬぐい、忙《せわ》しなく手を動かしていた。

「三つになったら『かあたん』って言うようになるけど、うるさくまとわりついて、ますます手がかかるって、長屋のおかみさんたちから聞いてたんですけどね――」

わずかの間、言葉が途切れて、里がひょいと顔を上げた。口元だけが笑っていた。

「上がり目、下がり目、ぐるりと回って猫の目って、あんでしょう。あれをちょいと憶えかけて、いちんちに何回もやってくれってせがんでねえ」

気持ちのどこかに小さな穴が開いたように、笑顔は虚《うつ》ろに萎《しぼ》んでいった。惣介は、かける言葉を見失って立ち尽くした。

「初鰹《はつがつお》も食べさしてやらないうちに、いろはを習う隙《ひま》もなしで死んじまって。ねえ、旦那。あの子は何のために生まれてきたんでしょうね」

惣介の答えを待つ風もなく、里は黙り方を忘れたみたいにしゃべりつづけている。

「生まれて三月《みつき》頃から、夜中でも明け方でも泣き出すと止まらなくなりましてね。そん頃は、産まなきゃ良かったと思ったりして。あんなこと考えたから、バチが当たったんでしょうかね」

「よう泣く子を抱えておれば、誰でも同じことを考えるものだ。さっきの若い母親も似たようなことを、散々言うていたではないか。……そういえば、あの赤子を、面白いもので泣きやませていたな。あれも春吉の工夫か」

強い意図を持って持ち出した話ではなかった。これ以上ない悲しみを抱えた里にかける言葉が見つからないまま、つい口からこぼれただけだ。

が、里はただでさえ大きな目をさらに瞠《みは》って、困った顔になった。

「亭主は関わりないです。あたしが、ちょっとやってみてるだけで……」

「同じ組屋敷の若夫婦が、やはり夜泣きに悩まされておるのでな。春吉がよく効く薬を考えたのなら、少し分けてもらえんかと思うたのだが、違うのか」

狸顔を最大限生かして、できる限りにこにこした甲斐があって、里の肩からすっと力が抜けた。

「薬じゃないんですよ。日寂《にちじゃく》師様からいただいた鬼子母神《きしもじん》様のお粉を、煮詰めた味醂に溶いて、晒しと綿を浸《ひた》しただけ。色んな病いを治すまじないの粉だって、教わったんです」

どうやら、その「お粉」が、腰痛や頭痛を治し、赤子を泣きやませ、宗伯をひっくり返らせたらしい。

「では、その鬼子母神様の粉を是非頼みたい」

ためらいながらも、里はごくわずかな量の黒褐色《こっかっしょく》の粉を紙に包んでくれた。臭いのない粉であった。

――春吉はこの粉を茶に混ぜているのか――喉まで出かかった問いを、惣介は呑み込んだ。おそらく里は何も知らない。困っている母親に首玉人形を渡すのと、床几に座る者皆に出す茶に粉を混ぜるのでは、まるで意味が違う。

「いくらだ」

「お代なんて、とんでもない。誰からももらってないし。困っている人にこうやって配れば、信坊が極楽で寂しがらずに暮らせるって。でも、内緒でやんなきゃいけないんです。そうしないと、功徳《くどく》にもならないって――」

「日寂師様が言ったのだな」

里が葉陰に咲いた朝顔のようにひっそりとうなずいて、うつむいた。

「けど、妙によく効くんで、この頃はかえって怖くなっちまって。あの、よくよく気をつけて、ちょいとだけ使うように言ったげて下さいね。仏様も気まぐれで、ひょいと大事の子を親から取り上げたりなさるから」

惣介の胸がちくりと痛んだ。赤子の夜泣きに悩む若夫婦の知り合いなぞいないのだ。

「鬼子母神の粉ではなく、茶の礼だ。気に入るかどうかわからんが」

さっき古着屋で買った帷子を床几の上に置いて、里を困った顔にさせたまま、惣介は屋台を後にした。懐《ふところ》に仕舞った粉が何か。宗伯に見せて教えてもらおうと考えていた。

四

大店《おおだな》の八百屋で冷やした西瓜《すいか》を買い求め、他にもあれこれと食材を誂《あつら》えて、開口一番、「夏負けに効くものを作ってしんぜようと思いましてなあ」と、やらかしたのが功を奏した。

百が眉間の皺を一本減らして、惣介を薄暗い台所へ通したのだ。残念ながら、縞《しま》の濃い大きな西瓜も、夏場は値の上がる卵も、百の口をふさぐ力にはならなかったけれども。

「宗伯は小さい頃から体が弱くて、大事に大事に育てたんです。それが、気も遠のいて運ばれてきたんでござんすから。そりゃあ仰天して、あたしのほうが具合が悪くなっちまいました。幸い、宗伯のほうはもう目を覚まして、けろりとした様子で二階にいますけどね。あたしはまだ、心《しん》の臓《ぞう》が嫌な感じに痛んで、つらくて、つらくて」

途切れることなくつづく百の愚痴に生返事をしながら、惣介は庭に出て、西瓜を井戸に浸した。借りた紐《ひも》で襷《たすき》を掛けると、手入れの行き届かない殺風景《さっぷうけい》な台所でも、料理に取りかかる構えになるから面白い。

まずは寒天《かんてん》をいつもより固めに二分（約六ミリ）ほどの厚さで器に流した。塩をひとつまみ入れて溶いた卵は、一分の厚さに焼いた。

寒天を上に玉子焼きを下に重ねて、冷やして、切って、煎酒《いりざけ》と醤油を少々かければ、見た目も涼しげな寒天なますが出来上がる。

「元飯田町《もといいだまち》にも使いをやりましたのに、亭主は忙しいから来られないと、つれない返事でしてねえ。宗伯が回復したのならそれで良いではないかと、あたしの体の具合なぞ気にもならないようで」

百は、料理が始まっても、台所の板の間に膝《ひざ》を崩して座り込んで愚痴りつづけている。それを右から左へ聞き流しながら、蜘蛛《くも》の巣の張った戸棚から壺に残った梅《うめ》干《ぼ》しと一合の酒を見つけ出して、煎酒をこしらえにかかった。

煎酒を作る楽しみは、じわじわ煮詰めていく間の、香りの移り変わりにある。火にかけた初口《しょくち》は、酒本来の匂いが漂い、次に米麹《こめこうじ》の豊かな芳香が辺りを満たし、仕舞いに、ほのかな梅の香がそっと立ち上がってくるのだ。

さしもの百も、この間はしばし口を閉じて、代わりに鼻をひくつかせていた。

寒天と玉子焼きと煎酒を、それぞれ器ごと水に浸しておいて、惣介は、汚れたままの釜を洗って飯をたき、すりへった鰹節を削って出汁《だし》を取った。飯は、紫蘇飯《しそめし》に熱い汁をかけて、夏向きに仕上げるつもりである。

「今は曲亭馬琴などと、他人様にちやほやされることもあるようですけど、もとはといえば、うちの下駄《げた》屋の婿《むこ》養子で――」

恨み言《ごと》の年代記が語られ始めるに至って、とうとう惣介は相づちを打つのをやめた。蟬の声と百の繰《く》り言がわんわんと交差する台所は、息詰まるほど暑い。出汁に塩と醬油で薄く味をつけてかけ汁に仕上げる頃には、志織のふくれっ面が可愛らしく思い出されるまでになった。

馬琴は、宗伯が一戸を構えて医者を始めるときに、世話係として年上女房の百を一緒につけてやった。体よく夫婦別住まいに持ち込んだわけだ。その気持ちが大方にわかった気がした頃、飯が炊き上がった。

職人技で糸ほども細く千切りにした紫蘇は、青いしぶきを放つように匂い、すり下ろした生姜《しょうが》と一緒に炊きたての飯に混ぜると、湯気が涼しくなった。

透き通った寒天と卵の黄色が引き立つよう、白い器を選んで盛りつけ、煎酒には醤油を添え、出来たての紫蘇飯に熱い汁をかけて、膳を三つ用意したところで、惣介は思案に暮れた。

材料持ち込みで料理に励んだのは、百の愚痴を聞くためではない。里から手に入れた粉を、宗伯に調べてもらいたかったからだ。が、それは、百に知られたい話ではない。

かといって、百をひとり残して、自分と宗伯の膳を上に運ぶのもためらわれた。これだけ話し相手に飢えているのだ。独りで食べては、せっかくの料理も味気なかろう。

（えーい、仕様がない。粉の話はあとまわしだ）

作ったものを賞味する足場を整えるのも、料理人の腕のうちである。

が、惣介が三人で膳を囲む支度を始めたのにあわせるように、軽い足音がして、宗伯が二階から下りてきた。浴衣《ゆかた》に薄い夏物の羽織を重ねて何食わぬ顔をしているが、どうやら、登場の頃合をしっかり計っていたらしい。

「母上。お疲れになったでしょう。心配をかけました」

優しい言葉と柔らかな笑みに、百の眉間の皺が消えた。

「宗伯、お前、そんな格好で寒くはないのかえ」

「大丈夫ですよ。あとはわたしが引き受けますから、鮎川様のお料理、いつものように寝床へお持ちになって、ゆっくり召し上がって下さい」

「それじゃあ、おもてなしはこの辺りで勘弁していただこうかねえ」

頼りきった声に一抹の淋しさがあった。なるほど同じ屋根の下で暮らしていながら、一緒に膳を囲むことが少ないのだ。

（愚痴からの逃げ方も、扱い方も、手慣れた孝行息子だ）

里の倅も育っていれば、同じように母親を淋しがらせただろうか。後ろめたさ半分、安堵《あんど》半分の気持ちで、惣介は膳を持って奥の間に消える百の丸い背中を見送った。

「こんなに美味《おい》しい御膳《おぜん》をいつも鮎川様に作っていただいて、父は果報者《かほうもの》ですねえ」

台所の脇の座敷で、膳のものをすっかり平らげて、宗伯は満足の笑みとともに箸を置いた。

「食欲があるのは何よりだが、もう何ともないのですかな」

「それが不思議なのですよ。わたしは心配性と申しましょうか、悲観的というべきでしょうか。気鬱《きうつ》に悩まされ、いつも胃の腑がもやもやしておるのですが」

宗伯は話しの途中で、惣介が角切りにして鉢に盛った西瓜を、二つまとめて口に放り込んだ。しゃりしゃりと良い音を立てた後、

「目覚めましたら、心は軽やかに凪《な》いで、頭は清明《せいめい》至極《しごく》、胃の腑も爽《さわ》やか。実に快いのです」

と、嬉しそうにうなずく。惣介の脳裏には、首玉人形をしゃぶって陶然としていた赤子の姿が浮かんでいた。

「その心地よさだが、屋台の茶の中にこの粉が入っていたせいではなかろうか。臭いのない粉で、今度ばかりは自慢の鼻も役に立たん。茶に混ぜられていた、とは断言できんのだが」

里にもらった紙包みを惣介が開いてみせると、西陽《にしび》の暑さの中、ひとり秋風に吹かれているかのように涼やかな態度でいた宗伯が、顔色を変えた。

「これは……阿芙蓉《あふよう》（阿片《あへん》）ではありませんか。わたしはこれの混じった茶を四杯

も飲んだのですか」

目を剝《む》いて、今さらながら苦しみ出したものかどうか迷っているような表情になっている。

「それほど恐ろしい粉なのか」

「上手く使えば痛みを取り、不眠を治し、心を穏やかにします。ですが、使う量を誤れば死に至り、少量ずつでも何度も使ううちに、なしではおれんようになるものです。少し苦みはあるが、水や酒によく溶ける」

「あの屋台を疑《うたご》うたときに、阿芙蓉のことは話に出なかったようだが」

「同じ痛みを取る薬でも、附子《ぶし》はトリカブト、莨菪《ろうと》根《こん》はハシリドコロ。どちらもこの国の野山で採れる植物から作る安価なものです。引き比べて、阿芙蓉は、南蛮船が薬種《やくしゅ》問屋向けにわずかに運んでくるばかり。たいそう値が張るのです」

だから、屋台の夫婦が手に入れられるとは思わなかった、ということだ。

（そんな高価な粉を、まじないと称して配っている……日寂とは何者だ）

考えるのと一緒に、惣介は立ち上がっていた。

神田明神下の伊助店。上手くすれば、春吉が茶に阿芙蓉を入れるところを押さえられるかもしれなかった。

七つ（午後四時頃）前の長屋の路地は、ひっそりと静まり返っていた。手習いから戻った子どもたちは、おやつをくわえて遊びに行き、女房連は暑さしのぎの昼寝の最中なのだろう。出職の男たちが戻るまでには、もうしばらく間がある。雀《すずめ》が飯粒を拾って歩いている井戸端に、竹筒を浸した手桶が置いてあった。春吉の姿は見えない。

（すでに阿芙蓉を入れ終えた後やもしれんが）

まだ、のほうに賭けて待つ。そう決めて、惣介は、井戸端と向かい合った塵溜《ごみた》めの陰に身を潜めた。そして、すぐに後悔した。

本所深川《ほんじよふかがわ》〔十万坪〕の埋め立て用に集められたばかりらしく、塵溜めは空だった。が、こぼれた汁の名残や集めそこねて残された魚のはらわたの欠片《かけら》が、夏の陽射しに傷《いた》んですさまじい臭いを放っている。鋭敏な鼻がそのすべてを掻《か》き集めてくるのだ。

惣介は袂で鼻を被《おお》って、半刻《はんとき》、臭気と足のしびれに耐えた。

（もう、これ以上はかなわん。今日のところは引き揚げよう）

膝をがくがく言わせながら立ち上がりかけたとき、腰高障子《こしだかしようじ》が開いて閉まる音がして、井戸端に春吉が姿を現した。周囲をこそこそとうかがって、手桶の脇に腰を落とすと、竹筒を開けて懐から小さな紙包みを取り出す。

「春吉。入れてはならん」

しびれた足で無理やり仁王立ちして、惣介は叫んだ。春吉が弾《はじ》かれたようにぴょこりと立ち上がって、黒褐色の粉が井戸端に散りこぼれる。

「旦那。こんなとこで、何をしてなさるんで」

丸めた紙を袂に放り込んで、春吉は引きつった作り笑いで振り返った。

「お前を見張っていたのだ。いいから、竹筒を持ってついてこい。長屋の者には聞かれたくない話だろう」

ひと足ごとにぴりぴりする足をぐっと堪《こら》えて、惣介は歩き出した。春吉はわずかに躊躇《ちゅうちょ》しただけで、竹筒入りの手桶を提げて隣に並んだ。

「旦那、何を勘違いなすってるんですかい。あっしはただ、新しい茶を屋台へ持っていこうとして――」

「それでは、あの粉は何だ」

「あれは、万病に効く鬼子母神様のまじないの粉でさ」

「ならば何故、病でない者も飲む茶に入れる」

春吉は、ぐっと言葉に詰まって一瞬足を止めたが、すぐに立ち直ってぺらぺらやり始めた。

「そ、そりゃあ、夏負けを防ぐとか、いつか病になるときの用心とかでさ。旦那から見りゃ浅知恵ってもんかもしれねぇが。日寂師って旅のお坊様が、皆に功徳を施せば信吉の供養になるって授けてくれた、たいそうな粉でやすからね。大勢のお人に行き渡るよう、あっしだって頭を使ったんですぜ」

「違うな。お前は物事の手間を省くのが好きな質だ。箸楊枝、草鞋雑巾、洗濯からくり——どれも、面倒なことを手早く片づけようとする工夫だ。簡便《かんべん》を好む男が、いつかなるかもしれない病のために、万病に効く粉を使うわけがない。今まさに病で苦しんでおる者を、次々と治そうとするはずだろう。倅の供養になるというなら、なおさらのことだ」

「そっちのほうは……」

言いかけて、春吉はぎゅっと口をつぐんだ。「里がやっている」と口走りそうになったのを、あわててやめたのだろう。

「正直に言え。さもないと自身番に訴えて出る」

「かなわねえな。理詰めの次は脅《おど》しですかい」

春吉は昌平橋の近くの土手にぺったり座り込んで手桶を下ろした。その前に立ちはだかる格好で、惣介は叱る声を出した。

「まんざら脅しでもない。知らずにおるのか。あの粉は毒にもなるのだ。今日の宗伯がよい例だろう。何かの拍子に取りすぎれば人死にが出る。人を殺めたら死罪は免《まぬか》れんぞ。里が巻き添えになるのも必定《ひつじょう》だ」

春吉は心の底からぎょっとした顔つきになった。「里は何にも」と言いかけたきり黙り込む。頰から血の気が引き、握った拳が膝の上でおののいていた。

「あっしも里も、毒だなんて知らねぇ。ただ、万病に効く薬だって聞かされたんでさぁ。嘘じゃねぇ。旦那、信じておくんなさい」

しばらくしてようやくしゃべり出したときにも、春吉の拳はまだ声と一緒にがくがく揺れていた。惣介を見上げる目に必死の色があった。

「信じてやる。だからすべて話せ」

「壺一杯分の粉を渡されて、毎日ちょっとずつ茶に入れるだけのことだと、持ちかけられやした。粉を全部使い終えたら、空の壺と引き換えに鬼子母神様の木像をくれるって約束でしてね」

惣介は驚いて春吉の顔を見直した。嘘をついているようではない。

「金ではなく、仏像をもらうのか」

「そんじょそこらの鬼子母神様じゃないんでさ。一尺（約三十センチ）足らずで三十両するってえ、特別誂えの仏さんでね。大奥のお女中や旗本の奥方たちも競って買ってる、とてつもねぇお宝なんだ、これが」

春吉は顔をしかめて話をつづけた。震えはすっかり収まっている。

「でね、里が信吉のためにその鬼子母神様を欲しがってんだ。あの鬼子母神様に毎日お願いすりゃあ、信吉があの世で元気よく育って、信じてんですよ。口には出さないが、あっしにはよくわかってんです。けど、金を出して誂えてやるだけの甲斐性はなし、ってね。あーあ」

自嘲するように空笑いする春吉を、上から叱りつづける種はない。惣介は、どっこらしょと声を出して春吉の隣に座った。尻に潰《つぶ》れた草が、何やら心懐かしく、むんと匂った。

「三十両の鬼子母神を買う甲斐性は俺にもない。だが、その壺の薬の残り、他の器に移して、諏訪町の台所組組屋敷まで持って参れ。二両で買い取ろう。お前はときを計って、空の壺を鬼子母神像と取り換えてもらえばよかろう」

床の間の壺に隠した小判と泣き別れだが、これも乗りかけた舟である。仕方がない。ただで渡せと命じて、脅し取った形になるのは避けたかった。

「二両とは、旦那、気前だねえ。あっしはそれでかまわねえんだが、坊さんに嘘をついて、バチが当たらねえでしょうかね」

「案ずることはない。日寂は偽坊主だ。日の字を使い、鬼子母神をいいように利用しておるのだから、日蓮《にちれん》宗の僧を騙《かた》っておるのだろうが」

「へえ。下総中山《しもうさなかやま》の智泉院《ちせんいん》から来たって話でさぁ」

ぞくりとする名が出た。智泉院は、家斉の側室、美代の方の実父、日啓《にっけい》の寺である。ときを同じくして起きている千登勢の事件と屋台の阿芙蓉——どこかでつながるのだろうか。

「詳しいわけではないが、日蓮聖人は『南無妙法蓮華経《なむみょうほうれんげきょう》と唱えることが、心身の病が治る良薬を飲んだのと同じ功徳になる』というようなことを説いていたはずだ。日蓮宗の僧が、妙な粉を『万病の薬』と言い出すわけがない」

「ひゃあ、旦那。見かけによらず学があるねえ。言われてみりゃ、そのとおりだ。くそ、いいように騙《だま》されっちまって、危うく首が飛ぶとこだった」

春吉は、調子の良さを取り戻して立ち上がった。

「日寂って奴は、眉も目も墨で描いたみてぇに、すっすっと細くて、鼻はちょいと垂れ下がってはいるが形がきれいだし、口元も薄くって、何てっか神々しいような顔をしてましてね。とても偽坊主には見えなかったんでさぁ」

遠慮もなしに土埃を惣介のほうに飛ばして尻をはたくと、春吉は振り返ってニッと笑った。

「そうと決まれば、善は急げだ。里に首玉人形を配るのをやめさせなきゃならねぇ。今頃あいつは焦れながら茶を待ってるに違《ちげ》ぇねえんだ。こいつは、正真正銘、ただの冷えた茶ですからね」

「それがいい。里もすぐにわかってくれる。ああ、それから、偽坊主の日寂だが、どこを根城にしておるのだ」

「雑司ヶ谷《ぞうしがや》の鼠山《ねずみやま》にある破れ寺に仮住まいがあるってぇ話でした。旅の空だからと言ってやしたが、偽坊主じゃあ、まともな寺に足を踏み入れられないのも当たりめぇだ」

夕風の吹き始めた神田川堤を並んで歩いていくと、里が生真面目《きまじめ》な顔で〈稲荷寿司〉を売っているのが見えた。

「旦那、里は、聞いていると気持ちが浮き浮きするようないい声で笑うんですぜ……もう長いこと聞いてないですがね。いつかまた、昔のように声を上げて笑ってくれるでしょうかねえ」

「お前が、何か腹を抱えて笑ってしまうようなものを、こしらえてやればよいではないか」

「そいつは困った。あっしの作るもんは、どれも大真面目に役に立つ物ばっかしで。笑わせるとなると、からっきしですからねえ」

春吉は空を見上げて小さく息を吐いた。

里が何年か先、いい声で笑うようになるのかどうか、惣介にもわからなかった。ただ、春吉がついていれば、だんだんに元気を取り戻していくような気はする。

ふと、志織の泣き顔が思い浮かんだ。

(何も泣かさんでもよかった)味方について、一緒に爪弾きのことを怒ってやればよかった。

春吉の箸楊枝を揃いで買って帰ろうか——本気で、そんなことを考え始めていた。

鬼子母神像が大奥や旗本の屋敷にまで入り込んでいるならば、阿芙蓉についても、この〈稲荷寿司〉屋台だけに持ち込まれたこととは思えない。つづけて使えば手放せなくなり死に至ることもある黒褐色の粉が、市中のあちこちにばらまかれているかもしれない。

そう思い当たって鳩尾《みぞおち》の辺りが冷えたのは、春吉と別れたあとだった。

(日寂と大奥がつながったとなると、千登勢の事件の成り行きも気にかかる)

結局、志織の機嫌のことは後回しになって、足は城へと向いていた。

五

御広敷の門の近くまで来ると、門前で御細工同心《おさいくどうしん》の五木田与五郎《ごきたよごろう》がうろうろしているのが目に入った。

御細工同心は、江戸城中の襖《ふすま》や障子から台所用品まで、細かな道具を作ったり修理したりすることをお役目としている。五木田は、三十前の若さながら、同心の中でも飛び抜けて器用で、特に鍵の細工では右に出る者がいない男だ。

今年の梅雨《つゆ》の頃、大奥で呉服の間を勤める五木田の姉、七葉《なのは》の絡みで、惣介や隼人と懇意になった。

元から人づき合いの嫌いな偏屈者ではあるが、今日は特別機嫌が悪いようだ。と、見て取った瞬間、五木田のほうも惣介に気づいて、嚙みつかんばかりの面相《めんそう》で走り寄ってきた。

「鮎川様、かれこれ半刻はお待ちしておりました。それがしも何かと忙しいのです。どこをほっつき歩いておられたのですか」

ひそめた声ながらえらい言われようである。そもそも非番ではあるし、五木田と落ち合う約束をした憶えもない。とはいえ、可愛らしいお稚児《ちご》顔全体から煙が立つような勢いで怒っているものを、これ以上、煮え返らせては厄介だ。

「それは手数をかけた。少々、隙《ひま》取ってしもうてな」

「片桐様が四半刻もすれば鮎川様が現れるだろうからと、言伝《ことづ》てを置いていかれたのです。『狸で幕引きになった。調べは休みだ。俺は天守台におる』とのことです。そう言えばわかるとおっしゃったから、そのままお伝えしましたからね」

むくれた頬《ほお》べたから、ぽんぽんと伝言が打ち出された。惣介宛の高札《こうさつ》代わりに、門前に立たされたのだ。五木田が腹を立てるのももっともである。

隼人としては、口の堅い五木田を見込んでのことだろうが、そのあたりが、ちっとも当人に了解されていない。

「あいわかった。さぞ暑かったであろう。まことにすまなんだ。隼人のたわけにも呆れる」

惣介の詫びが功を奏したのか、言いたいだけ言って気が済んだのか、五木田の表情が少し和らいだ。

「鮎川様のせいではございません。片桐様には、それがし振り回されてばかりです。何か遺恨《いこん》でもお持ちなのか――」

「隼人は男前自慢だからな。おのれがだいぶ薹《とう》が立ってきたものだから、おぬしの若々しい美男ぶりを妬《や》いておるのだろう」

おらぬが幸い、好き放題にいい加減なことを言い散らすと、気が清々した。

「いえ、それがしなどとてもとても」

五木田はむず痒《がゆ》そうに鬢《びん》を掻いたが、ふと思いついた様子で真顔になった。

「そういえば、姉の七葉も、家への便りに鮎川様への言伝てを書いておりました。『大奥のこと、ますます進み参らせ候』というのですが、何のことかおわかりになりますか」

今度は心の臓がどきりと音を立てた。

七葉とは、家斉に御小座敷へ召し出されたおりに、ちらりとだけ顔を合わせている。そのとき、七葉が『大奥は難しいことになっております。どうぞお助け下さい』とささやいて寄越したことは憶えていた。

そのすぐ後で御末《おすえ》のひとりが死に、七葉の言わんとしたのも、その件のことだと解釈してしまっていた。

だが、春吉から聞いた三十両もする鬼子母神像を大奥の女たちが競って買っているという話と、七葉の言付けを合わせれば、『難しいこと』が、御末殺しとは別のことを指していたと読めてくる。

御中﨟《おちゆうろう》たちでさえ、御切米《おきりまい》が年に十二石、合力金《こうりよくきん》が四十両である。親兄弟の窮乏《きゆうぼう》を救うために大奥勤めをしている貧乏旗本の娘たちにとって、三十両の出費はずいぶんな痛手だろう。

この買い物のために借金を背負っている者や、それ以上に面倒を抱えてしまっている者がいるのかもしれない。

「鮎川様。姉はまた何か困っておるのでしょうか」

惣介の沈黙が長かったせいだろう。五木田が案じる声になっていた。

「いや、七葉殿は気丈だから心配は要らん。姉上に『鬼子母神様、御信仰の段、委細承知』とお返事申し上げてくれ」

判然としないままうなずいた五木田を残して、惣介は天守台へ向かった。

また、ややこしいことになりそうだ。かといって、放っておくわけにもいかない。

息を切らして天守台まで登っていくと、隼人は、松の根方で横になって目を閉じていた。どこで調達したのか筵《むしろ》を敷いて、ちゃっかり蚊遣《かや》りまで焚《た》いている。

(人を呼びつけておいて、脳天気にも程がある)

ひと蹴りして起こしてやるつもりで足音を忍ばせて近づくと、残り三歩のところで涼しい目がすっと開いた。

「待ちかねたぞ、惣介。脳天気にも程がある」

「それこそ、こちらの科白だ。散々走り回って探索してきたというのに、おぬしは呑気に居眠りか」

「三日三晩、まともに寝ておらんのだ。少々休んでも文句を言われる筋合はない。本来なら、俺は今日、非番だ」

肘枕《ひじまくら》で大あくびをしても端整に見えるから癪《しゃく》にさわる。ひとりで立っているのも馬鹿馬鹿しくなって、惣介は筵の上に胡坐《あぐら》をかいた。

「五木田与五郎が癇癪《かんしゃく》を起こしておったぞ。そもそも、俺が城に来なかったらどうするつもりだったのだ」

「来るさ。おぬしはそういう奴だ。ところで、藤島様の駕籠だが」

いきなり本筋に入ると、隼人は体を起こして、足を伸ばしたまま松の幹にもたれかかった。

「四日前に御用達《ごようたし》の駕籠師のところへ修理に出たことになっておる。が、実際には、駕籠師の元へは届いておらなんだ」

「修理の話を受けた表の役人は誰だ」

「それがわからんのよ。修理することは前々から決まっていたし、御末が四人がかりで木箱ごと七つ口まで担《かつ》ぎ出したところまでは明らかなのだ。そのあと表で誰が引き受けたのか。これがはっきりせん。千登勢が行方をくらまして、大奥の内が騒ぎになっていたせいだ」

「何もかも上手く仕組まれていた風ではないか。千登勢を大奥から逃がす手引きをした者が、御広敷にいる。そう思わんか」

隼人は返事をしなかった。

草を渡ってきた風が、蚊遣りの煙を天守台の入口のほうへと運んでいく。その行方を目で追って、次に口を開いたときには、話の向きが変わっていた。

「伊賀衆の服部又衛門は、卯月《しがつ》の灌仏会《かんぶつえ》の晩に千登勢を見かけたそうだ」

男子禁制ではあっても、添番と伊賀衆は大奥の鍵を持ち、様々な行事の折りには警護のために大奥に入る。寺参りや使いのお供もするし、今回のように事件が起きれば中の探索もする。

「ずいぶん艶《つや》っぽい美女でな。一重瞼《まぶた》の切れ長な目ですっと流し目を寄越されて、膝が震えたと言うておった」

「流し目ごときで足をやられたと知ったら、忍びのご先祖が嘆くだろう」

「俺もちらりと見かけたが、言われてみれば、それはまあ、眉目《みめ》好い女だとは思う。服部はまだ二十歳そこそこだからな。仕方がないさ」

伊賀衆といっても江戸の者たちは、ここ百年ほどすっかり幕府の役人になりきっていて、特段、忍びとしての修行を積むわけでもない。

隼人なら、流し目をくらっても、眼《まなこ》に埃でも入ったかと勘違いするのがおちだろうが、初心《うぶ》な伊賀衆が、美女の手管《てくだ》におののいたからといって、責めるのは酷だ。

「三十路を越えた石木善之助でさえ、千登勢捜しのさなかに言うておった。見事な黒髪のてっぺんから、足の爪先の小さな黒子《ほくろ》まで、ほとばしるような色気があって

と……」

ふと隼人が眉をひそめて黙った。同時に、暮れ六つ（午後七時頃）の鐘が鳴り始めた。隼人は、鐘の音に合わせるように、首筋に止まった蚊をぴしゃりと叩き潰し

て、頭《かぶり》を振った。

「よそう。とにかく、この話はすでに片がついておる。今回の下手人は狸だ。散々騒動した挙句に『千登勢は狸に魅入られて死んだ』で手打ちだ」

「毎度お馴染《なじ》み、大奥名物の穏便な解決だな」

「まあ、そういうことだ」

隼人は、蚊遣り線香を消して立ち上がった。

「日も暮れる。おぬしの〈稲荷寿司〉屋台の話は下りながら聞こう」

筵を抱えて歩きながら、隼人は、惣介の報告を黙って聞いていた。珍しく、惣介を急《せ》かすこともなく、並んでのろのろと歩を進めている。自分から『よそう』と言い出した千登勢の話を、頭の片隅で引きずっているからかもしれない。

最後に七葉の文《ふみ》のことをつけ加えて、惣介が話を終えたときには、御広敷が近づいていた。やっと隼人の口が開いた。

「そちらは狸にかずけてはおけん。苦境に陥った奥女中が出ておらんかどうか、調べてみよう。それにしても、阿芙蓉に、三十両の鬼子母神像とは、とんでもない偽坊主だな。捕らえて処罰せねばえらいことになる。町方に持ち込むか」

「ふむ。それも考えた。だが、春吉と里が縄付きになるようでは困る――」

「お寺社の出番でしょう。何しろ、雑司ヶ谷の破れ寺ですから」

いきなり脇から返事が割り込んできた。驚いて目を上げると、寺社奉行水野《みずの》和泉《いずみの》守《かみ》（忠邦《ただくに》）の家臣、大鷹源吾《おおたかげんご》が、行く手をふさぐ形で立っていた。

「お二人をお待ちしておりました。天守台まで後を尾《つ》けて、隠れて立ち聞きしようかとも考えましたが、蚊の餌《えさ》になるのはかないませんからね」

目尻の切れ上がった賢げな眼を細め、大鷹は整った口元から白い歯をのぞかせた。

「隼人も俺も、内緒話をしていたわけではない。盗み聞きなぞせずとも、素直に寄ってくれれば良かっただろう」

「それも一考しました。ですが、それがしが姿を見せると、お二人が好きなように歓談なさるのを邪魔してしまいそうだと案じましてね。ご遠慮申し上げたのですよ」

天守台にいたときばかりではない。今し方も、大鷹が近くにいると気づいていたら、七葉の文の言伝ては無論のこと、春吉と里のことも、しゃべらなかっただろう。身も蓋《ふた》もなく開けっぴろげにも、天衣無縫《てんいむほう》にも見える、この二十代半ばの男は、油断できない策士でもあり、ときには揺るぎなく非情にもなる。惣介も隼人も、これまでの関わりから充分に知っていた。

「十日ほど前から、日寂と名乗る偽の僧のことを探索しておりました。ところが、今日は、行く先々で鮎川殿の背中が見え隠れするのです」

浅黒く引き締まった顔をした水野和泉守の懐刀は、直截《ちょくさい》に言った。

神社仏閣に絡む事件の探索と処罰は、寺社奉行所の役目である。

寺社奉行には必ず大名がなる。寺社奉行所の様々な役目を担うのは、幕臣ではなく、その大名の家臣と決まっているから、日寂の件で大鷹源吾が調べに当たるのは、何の不思議もない。

だが、大鷹と歳の近い主《あるじ》、水野和泉守は、老中になる近道を狙って世継ぎの家慶《いえよし》に接近していた。そして、ここしばらくは、家斉に隠居を迫るため、寵愛《ちょうあい》深い側室、美代の方の不行跡《ふぎょうせき》をあばこうと躍起になっている。

美代の方と日寂の悪事との関わりを探っていたのか、とも疑える。

（あるいは――）

惣介は、水無月半ばに諏訪町の組屋敷へふらりと現れたあんずのことを、考えていた。あんずは、惣介、隼人とも大鷹とも、妙な因縁《いんねん》で結ばれた町娘だ。

あんずは大鷹源吾に誘われて、美代の方の弱みを探るべく、しばらく大奥へ入り込んでいた。諏訪町へやって来たのは、江戸を離れることを知らせるためだったが、その折りに、『なんだか寺が滅法界《めっぽうかい》なことになってるみたいですよ』と、言い残していったのだ。

その話――寺がとんでもないことになっている話は、あんずの頼みどおり、隼人にも大鷹にも伝えてある。水野主従は『寺』を智泉院と結びつけて調べるうちに、日寂に行き着いたのかもしれない。

どちらにしても大鷹は、美代の方を追い込むためなら、里と春吉がどうなろうと気にするまい。

「いや、なに。それがしは、ただ、近頃評判の〈稲荷寿司〉を食いに行っただけなのだ。そうしたら瓢箪《ひょうたん》から駒が出た。それだけのことで、他意はない」

惣介は正直者の顔でうなずいてみせた。

「信じますよ」

大鷹は惣介の目を真っ直ぐに見据えて微笑んだ。

「それがしも、お寺社の役目を果たしているだけです。いろいろお疑いになっておられるでしょうけれど、まことにそれのみなのです。ですから、お二人が雑司ヶ谷に出向かれるときはご一緒いたします」

あどけないとも受け取れるほど、飄々《ひょうひょう》とした口調だった。

「寺社奉行所が事態をつかんでおるのなら、俺や惣介の出る幕ではあるまい。雑司ヶ谷の偽坊主は、寺社方が総出で退治に行けばよかろう」

隼人が怠《だる》そうに返した。

将軍職の行方がどう落ち着こうが、水野和泉守が老中になろうがなるまいが、美代の方の行く末がどうなろうが、興味はない。巻き込まれるのもかなわない。隼人の本音がそのようであることを、惣介はよく承知していた。

「いえ、きっとお二人が行くことになります。おそらく、一両日中に」

きっぱり言いきって唇を結び、惣介と隼人をゆるりと順に眺めて、大鷹は踵《きびす》を返した。そのまま、隼人の深いため息にも振り返らなかった。

「あ奴の言うとおりになるのだろうな」

隼人の声が沈んだ。

「わかるものか。何しろ明日のことは明日だ。おぬしは、千登勢捜しで草臥れておるから、要らぬ心配をするのだろう。歩くのが辛いなら、俺が伊賀町の家まで背負っていってやろうか」

「たわけたことを言うと、本気にするぞ」

ようやく隼人が笑みになった。

六

『明日のこと』は、翌日の午過《ひる》ぎの御膳所で、家斉からの召し出しを知らせる、台所組頭、長尾清十郎《ながおせいじゅうろう》の苦虫顔から始まった。

惣介は、月に一度か二度の割合で、将軍家斉の私室である御小座敷に呼ばれる。炒りたての黒豆を届けたのが始まりで、この頃は、将軍の前にはまず供されることのない、作りたてのひと皿を持参していくようになっていた。

御目見《おめみえ》以下の御家人が、直接、将軍に目通りするなど、前代未聞の仕来《しきた》り破りだから、組頭はもちろん、同輩の台所人たちも、御広敷の上級役人も、いい顔をするわけがない。

召し出しといっても、半刻ほど四方山話《よもやまばなし》をし、家斉の独り言《ひとりごと》のような愚痴に耳を傾けるばかりである。ときには下命を受けて隼人とともに探索に当たることもあるが、それだけのことだ。

出世の道が開けるわけではない。特別の給金がもらえるのでもない。嗅覚と料理の腕には覚えがあるが、他に特別、目をかけてもらえる理由も思い当たらない。

それでも、幾たびか顔を合わせるうちに、惣介は、家斉が自分に向けてくれる温かな思いを胸に染みて感じるようになっていた。

(今日も夕刻まで暑くなりそうだ。御小座敷には白瓜《しろうり》の冷汁を持って参じよう。茶も冷やしておこう)

惣介は独り言《ご》ちて支度にかかった。早めに作って浸す水を何度も入れかえれば、より冷たくして運んでいける。

毎食、たっぷり時間のかかる毒味を経《へ》て運ばれる結果、家斉の御膳はいつでもひどい有り様になっていた。熱い汁はすっかり冷めたあと温め直され、焼き物は乾いて硬く、冷やした物はどんよりと温《ぬく》まってしまう。出来上がったときの旨さが届くことは、決してないのだ。

(この呼び出し、大鷹源吾の断言と関わりがある)

それは見当がついたが、深く考えるのは後回しにした。まずは料理だ。

白瓜は夏が旬《しゅん》で、普段は揉んだりなますにしたりと生で食べる。それを、汁の材料にする白瓜の冷汁は、薄切りにした白瓜を茗荷《みょうが》や針生姜《はりしょうが》と一緒に浮かべた、すまし味噌《みそ》仕立ての冷たい汁である。

本来の食事の支度の合間に、惣介は冷汁作りをはさんだ。昆布と鰹節で丁寧に出汁を取った。この出汁汁に紙で包んだ味噌を入れ、濁らせないよう細心の注意を払いながら、味噌の香りと持ち味だけを引き出す。これを水で冷やしておくのが最初の手順だ。

縦に割って種を除いた白瓜は、池に映った三日月のように薄く刻んで、涼しげな緑色になるよう湯がく。これもまた水に冷やしておいた。

薬味の用意を始めたのは、夕餉の膳が下りて、当番の同輩たちが帰宅したあとだった。片端だけがつんと尖るように包丁を動かして生姜を縫い針の形に刻み、茗荷も細く薄く刻む。

約束の刻限《こくげん》を見計らって、惣介は、すっかり冷えた白瓜と薬味を椀《わん》に入れ、冷たいすまし汁を張って膳に載せた。

声をかけて、御小座敷の襖を開けると、家斉は独りで上段の間に座っていた。召し出されるたびに毎回こんな風だから、追い払われる羽目になる世話係の小姓たちにも、惣介は評判が悪いのであった。

すでに湯浴《ゆあ》みも終えて汗の臭いのないお召しに着替えた家斉は、胸元をくつろげ胡坐をかいて、小姓の残していった扇を使っていた。

「夜が更《ふ》けてもこの暑さだ。きりっと冷えた汁はありがたい。見た目も香りも涼しげで良いの」

家斉は目を閉じて汁をすすり、嬉しげにうなずいたあと、ひと口ひと口じっくりと味わう風情《ふぜい》で椀を空にした。

「毎日こう暑うては、竈の守も骨折りだろう」

「まことに、雨が待たれるばかりでございます」

「天はいくら仰いで待っても、返事をくれぬようだ。このままいけば、江戸近辺は大旱《だいかん》ばつになる。米の不作はすでに必定《ひつじょう》と聞いた。一揆《いっき》が起きるのは止められまいが、できる限り穏便に乗りきれるよう上手く舵《かじ》を取らねばなあ……」

実際、江戸市中では、すでに米の値段が上がり始めている。家斉が惣介に向かって、あからさまに政《まつりごと》の話を持ちかけるのは、初めてのことだ。よほど気がかりになっているに違いない。

「……加えて、雑司ヶ谷の輩《やから》だ」

わずかにためらったのち、ぽつりと言って、家斉はどこか得体《えたい》の知れない大きな目を少し細めて、惣介を見た。

「昨日、水野和泉守が来て、美代が絡んでおるのではないかと仄《ほの》めかしていった。

調べを進める間に、下総中山の名が出たのであろう……で、惣介、そちは何を探り出した」

今日の召し出しの本題は、夜食の楽しみでも、愚痴でもないのだ。

惣介は、唇を湿して大きく息を吸うと、〈稲荷寿司〉を皮切りに日寂から七葉の文まで、隠すことなく知っている限りのすべてを語った。聞いた結果にどう処するかは、家斉が決めることだ。が、春吉と里や七葉にとって、むごいことにはならない。そう信じることはできた。

惣介が話を終えると、家斉は二度、三度とうなずいた。

「阿芙蓉は野放しに使えば人を滅びに至らせる薬だ。現に、清国《しんこく》では、英吉利《えげれす》の売りつける阿芙蓉が蔓延《まんえん》して、多くの民が苦しんでおる」

しばらくの沈黙のあと、家斉は、畳を見据えて独り言のようにつぶやいた。

「二百年以上もの長きにわたり、我が幕府は、阿芙蓉が広く世に出回らぬよう厳しく目を光らせつづけてきた。芥子《けし》を育てれば作ることもできたであろう。専売すれば財政も潤ったはずだ。が、そうはしてこなかった。阿芙蓉の毒がいかに人を蝕《むしば》むか、よく知っていたからじゃ」

惣介は黙って冷たい茶を湯呑みに注いだ。静かに座ったままの家斉の心中で、怒りがふくらんでいくのが感じ取れた。

「それすらわからん者たちが、天下の行く末を語るなど片腹痛い。どうやら幕府はまだ役目を終えてはおらんようだ。天下《てんか》泰平《たいへい》の大義《たいぎ》は、屹度《きっと》、守らねばならん」

「御意《ぎょい》」

昨年の冬以来、人殺し、火付けと、江戸城内の権力争いに端《たん》を発したように見える事件がつづいた。だが、そのうちの幾つかの根は、幕府という井戸の内を遥《はる》かに超えたところにある――家斉はそう匂わせて、惣介が深追いするのを止めた。

今、家斉を怒らせているのは、その『根』なのだろうと察しはつく。その『根』が、どのような幹から出たものなのか、惣介には知る由《よし》もないが。

家斉はふと顔を上げて、惣介がいたことをひょっこり思い出したかのように、穏やかな顔つきに戻った。

「夏の間にずいぶん手を尽くして、都《みやこ》と談合《だんごう》を重ね、幕府の膿《うみ》も除いて、大元《おおもと》を絶ちきる手は打った。残りは、待っておれば雲散霧消《うんさんむしょう》するかと思うておったのだがな。空と同様、眺めていても埒《らち》は明かんようだ。これ以上蔓延《はびこ》る前に潰さねばなるまい」

家斉は茶を飲み干すと、座り直して、惣介をじっと見据えた。

「厄介だが片をつけねばならん。それも子細《しさい》あって、できる限り隠密《おんみつ》にことを運ぶ要がある。和泉守も、明日の朝、家臣を一人、雑司ヶ谷に差し向けると言うて退出した。が、あ奴は若い。信じきることもできん。それゆえ、惣介。片桐隼人に、日寂が一件よきように始末せよ、と申し伝えよ。まずは明朝、雑司ヶ谷へ出向き、日寂の一味に処するように、とな」

大鷹の断言どおりである。水野和泉守は、家斉の顔色から、この成り行きを昨日のうちに読んでいたわけだ。

「承知つかまつりました。これより下城いたし、片桐に上様の御下命、しかと伝えまする。僭越《せんえつ》ながら、それがしも、片桐と一緒に参ります」

惣介は平伏して答えた。

「惣介、料理をしに行くのではないぞ。斬り合いになるやもしれん。怪我《けが》でもしたらなんとする。そちの剣の腕が話にならんことは、余でさえ知っておる。行っても足手まといになるばかりだろう」

「上様。お言葉ながら、それがしも必ずやお役に立ちます」

隼人ひとりを危険に晒《さら》すわけにはいかない。本当に『お役に立つ』かどうかなど、吟味《ぎんみ》している場合ではなかった。

「惣介……」

持て余した顔で、家斉が小首を傾げた。

「これまで言うたことはなかったか。そちは、余の乳母子《めのとご》によう似ておるのだ。庄《しょう》介《すけ》という名でなあ。名が近いだけではない。声といい、団子の鼻といい、気持ちの真っ直ぐさといい、そちは、まるで、庄介がそのまま育ったようだ。庄介は、幼い頃から余の傍にあって、ともによう遊んだ。一番の友であり弟のようでもあった。それが、七つの歳に、わずかな怪我がもとで亡《の》うなった」

惣介は、我知らず、ぽかりと口を開けたまま、家斉の言葉を聞いていた。今ひとつ納得のいかなかった特段の扱いのわけが、ようよう腑に落ちた。

「余はもう二度とあのような思いはしたくない。それになあ、そちの豆の炒り具合は他の者には真似できぬではないか。わかったな。今度のことは片桐に任せておけ」

ひたすらに案じてくれているのだ。家斉にとっての庄介が、惣介にとって隼人であることを、上手く説く手だては見つけられなかった。

「もったいなきお言葉とお心遣い。それがし一生の宝でございます。探索のことは間違いなく片桐に伝え、それがしは炒り豆の支度でもいたします」

「ふむ。それでよい。そうじゃ、この次は〈稲荷寿司〉とやらを食してみたい。膳に載せて参るがよい」

「承知つかまつりました」

家斉がこちらの返答を信じたかどうかはわからなかったが、惣介は言わずもがな、隼人についていくつもりだった。

（上様を謀《たばか》ったわけではない。少し言葉の量を控えただけだ）

怪我ひとつなく、無事に戻ればよいことである。家斉はすでに気がかりを売るほど抱えているのだ。知らなくて済むことを、わざわざつけ足す必要はない。

千登勢のことが話題に上らなかった。そう気づいたのは、御小座敷を退出して御膳所に戻ってからのことであった。

（上様の中では、すでに仕舞いになっている。そういうことであろうか）

隼人の胸のうちでは、少しも終わっていない。それは明白だった。

翌朝、前夜の打ち合わせどおり、明け六つ（午前四時頃）の鐘とともに諏訪町の組屋敷を出て、伊賀町の隼人の家までたどり着くと、門前には、すでに大鷹源吾の姿があった。

「上様には内緒で、ということですか」

こう一切合切《いっさいがっさい》を読み取られている風では、爽やかな笑顔を向けられても、どうにも落ち着かない。隼人は、大鷹の姿だけですっかり憮然《ぶぜん》とした様子で、雑司ヶ谷に着くまで口をきかなかった。


百姓地の広がる雑司ヶ谷は、江戸の中心部よりは格段に涼しかった。が、大旱ばつの証《あかし》のように、周辺の畑で茄子《なす》が茶色く立ち枯れ、夏の陽射しが乾いた地面を炙《あぶ》っている。

「火事で半焼したまま放り出されていた寺なのですが」

大鷹が、日寂が旅の宿と称している破れ寺の境内《けいだい》に入りかけて足を止めた。荒れた境内の奥に、縞の腹掛けに股引《ももひき》をはいた大工姿の男が二人いる。

「修繕にかかっているようだが、住み着くつもりか」

惣介の言葉に、隼人が首を横に振った。

「よく見ろ。あの二人は職人ではない」

言われてみれば、左肩が下がり、腰つきにも隙がない。

「侍か」

「偽坊主ひとりを相手にして早仕舞い、とはいかぬようですね」

大鷹が張り詰めた声音でつぶやいたとき、境内の向かいの畑で、膝丈の短い着物にゆるい股引をはいた百姓姿の男が二人、枯れた茄子の間から姿を現した。見張りに立っていたようだ。

大鷹の探索に気づき、惣介の動きに猜疑心《さいぎしん》を募《つの》らせた結果、城から何らかの追っ手が来ることを予期して準備していたのだろう。

「これで四人。日寂はどこだ」

油断なく目を配りながら、隼人が刀の柄《つか》に手をかけた。同時に、僧形に太刀を帯びた男が寺の中から走り出てきた。金壺眼《かなつぼまなこ》に頬の削《そ》げた人相の悪さは、日寂ではない。

「命により、詐話師《さわし》、日寂を捕らえに来た。大人しく引き渡せ」

大鷹が澄んだ声で朗々と言い渡す。

「日寂師を騙《かた》り呼ばわり。聞き捨てにはできぬ。幕臣が寺にわけもなく狼藉《ろうぜき》とは、いかなる所存か」

僧衣の男が大喝《だいかつ》し、大工姿の二人が道具箱から太刀をつかみ取った。百姓姿の二人も駆け寄ってきたが、その手にもすでに太刀が握られていた。

「偽坊主が寺を楯《たて》に取るとは、笑止千万」

嘲笑の響きを含んだ声音で駁《ばく》して、大鷹が剣を抜いた。隼人はすでに青眼に構えている。惣介も震える手で柄を握った。

僧衣の男も太刀を構えると、鞘《さや》を捨てた。

「おぬしらが現れること、すでに仏のお告げにより承知だ。日寂師は江戸幕府の謀略から逃れて、とうに下総へ発《た》たれた」

「千登勢も連れていったのか」

隼人の詰め寄るような問いに、男はぽかんとした顔になって、それから、けらけらと声を上げて笑った。

「わけのわからんことを訊く。女のことなど知らん。それにしても、役目の最中に惚《ほ》れた女の心配とは、やはり徳川《とくがわ》の家臣は、馬鹿者ばかりよ。我ら五人、後始末に残っておったのが幸い。江戸の置き土産に天誅《てんちゅう》を下してくれる。土埃に屍《しかばね》を晒すがよい」

互いに背中を向けて三角に立った大鷹、隼人、そして惣介を、五本の太刀がぐるりと取り囲んでいた。姿は僧や百姓でも、五人ともに剣の使い手であることは、惣介が見てさえわかる。

（何とか一人だけでも斬れんものか。その間に隼人と大鷹で二人ずつ始末してもらえば、この場をしのげる）

惣介は隼人を真似て青眼に構えると、ごくりと唾《つば》を飲んだ。両脇で隼人と大鷹の切っ先がひっきりなしに動く。そうやって五人に睨みを利かせているのだ。

高くなり始めた陽がかんかんと照りつけて、惣介の頬を汗の玉が転げ落ちた。柄を握りしめた手も汗にまみれている。

（いかん。入り乱れた立ち回りになれば、俺は斬られる）

そう気づくと、急に土の匂いが鼻についた。敵の向こうに見える干上がった畑がくらりと揺れた。同時に、惣介の正面にいた大工姿の男が右足を踏み出した。惣介が刀を扱えないと見抜いたのだ。

次の刹那《せつな》、隼人が向きを変えながら叫んだ。

「惣介、走れ。畑に向かって走れ」

隼人が突っ込んできた男の刀を払う間に、大鷹が惣介の前に出た。「早く」と、ひと言ささやいてそのまま走り出す。惣介がそれにつづくと、隼人も後ろからついてきた。

惣介は隼人と大鷹に挟まれ守られながら、境内を逃《のが》れ出て、畑の中の細い道を走りつづけた。

畑道《はたみち》を走りきって、街道につながる少し広い道に抜け出た途端、隼人が身を翻《ひるがえ》した。それを予想していたかのように大鷹が立ち止まって振り返る。惣介はしばらく走りつづけた後、ようやく足を止めて見返った。

隼人と大鷹が並んで、今来た畑道を塞いでいた。五人の男は一列になって、その道を追ってきている。

大鷹が先頭に立ってきた百姓姿の男に上段から刃《やいば》を浴びせた。男は刀を掲げて大鷹の剣を払おうとしたが、走ってきた勢いのせいで足の踏ん張りが利かなかった。そのわずかな隙を衝《つ》いて、大鷹の剣が男の脳天を割った。

後ろにつづいていた四人のうち大工姿の二人が、畑の中へ飛び降りた。隼人が道から見下ろす形で前に立っている。一瞬の躊躇《ちゅうちょ》ののち、二人は次々と隼人に斬りかかった。その足もとで畝《うね》が崩れる。隼人は体の傾いた二人の刀を払い、血飛沫《ちしぶき》を飛ばして一方の首を斬り、返す刀でもう一方の胴を真一文字に裂いた。

その間に、大鷹は畑道に残ったもう一人の百姓姿を袈裟懸《けさが》けに斬り捨て、最後に残った僧形の男と対峙《たいじ》していた。大鷹がジリジリと間合を詰める。相手に勝ち目がないことは、すでに明らかだった。

「刀を捨てろ。そうすれば命は助けてやる」

言い聞かせる如《ごと》く大鷹の声が地を這《は》い、男は青眼に構えたまま、奥まった目をぎらぎらと光らせて口を開いた。

「我らは――」

「黙れ。賊の口上など、耳の穢《けが》れになるだけだ」

大声で男をさえぎったのは隼人だった。男は弾かれたように、すさまじい形相で大鷹に斬りかかった。大鷹がその刀を払って体を入れかえる。すると男は大鷹を置いたまま隼人に向かって突進した。隼人は男の刀を強く打ち払った上で、上段から大きく刀を振り下ろした。刀が骨を割る鈍い音が響いて僧衣が血に染まり、男はゆっくりと畑に倒れた。

「隠密にとの御下命だ。話を訊《き》いてやる必要はあるまい」

隼人の言葉が大鷹に向けられていた。大鷹は鋭い目で隼人を睨んだが、すぐに頬をゆるめると、何も言わずに刀をひと振りして鞘に収めた。

蟬の声が耳をおおった。土埃《つちぼこり》の中に五人の男の骸が転がり、辺りは、血潮と内臓の臭いに満ちている。惣介はただ立ち尽くし、返り血を浴びた隼人と大鷹をぼんやりとながめ、それから地面に目を落とした。

「惣介、怪我はないか。もう太刀を仕舞ってもいいんだぞ」

いつの間にか隼人が傍に立っていた。

「おぬしがおってくれてよかった。おかげで、あの場からいったん逃げる判断がついた。大鷹と二人で、囲まれたまま五人をいちどきに相手にしておったら、果たして無事でいられたかどうか」

惣介をあやすようにしゃべる口元に、安堵の笑みが浮かんでいる。

「寺にはもう誰も残っておりません。あるのは男所帯の身の回りの品ばかり。ひどい散らかりようだ。日寂が逃げたのは確かなようですね」

大鷹の朗らかな声が、境内のほうから聞こえた。

売りさばいていた鬼子母神像も儲《もう》けたはずの金も阿芙蓉も持ち去ったとすれば、日寂と行《こう》をともにした仲間がいるに違いない。

ほうっと、隼人が息を吐いた。

「実は、顔を見知った相手が、千登勢とともにこの寺におるのではないかと危懼《きぐ》しておったのだ。これでずんと気が楽になった」

「例の駕籠に骸を入れた下手人か」

隼人の考えを今ひとつつかみきれないまま、惣介は訊ねた。

「ふむ。まだひとと片づけ残ってはいるが、日寂の一味と関わりがないなら、何とでもなるだろう」

「よかったな。それも、俺のおかげか。礼の言葉は要らん。代わりに、何か旨いものを馳走してくれ」

「よし、わかった。大鷹と三人で、心太《ところてん》でも食うか」

隼人がくっくっと笑いながら、寺のほうへ歩き出した。

（わざわざ雑司ヶ谷までついてきて、これだけ役立たずな思いをして、駄賃が心太では間尺《ましやく》に合わん）

疲れがどっと肩にのしかかる。埃まみれの顔を汗がつたう。惣介は袂でぐいと額《ひたい》をぬぐって、とぼとぼと、隼人のあとを追った。

第二話　四谷の物の怪《け》

一

深川佐賀町《ふかがわさがちょう》の《船橋屋《ふなばしや》》の煉羊羹《ねりようかん》は、小豆《あずき》のあくを四度も取り除き、白砂糖を七百匁《もんめ》（約二キロ半）も使って作る値の張る菓子である。

鮎川惣介《あゆかわそうすけ》は、濃い甘さの奥に匂い立つほっこりとした豆の香りを楽しみながら、渋めに煮出した煎茶を味わった。浮き世に生まれた幸せが胸に満ちてくる。この透き通った蘇芳《すおう》色の贅沢《ぜいたく》には、到来物《とうらいもの》でもなければ、なかなか手が出ないのだ。

「新しい家に越して七日。初日から夜ごと物の怪《け》に悩まされて、親子とも、ほとほと困《こう》じ果てております。なにとぞ良き知恵をお貸し下さい」

羊羹は、そんな口上とともに、惣介の家の玄関に届いた。

持ってきたのは、鈴菜《すずな》の遊び友達である香乃《かの》の父、美濃屋和兵衛《みのやわへえ》だった。

《美濃屋》は、もともと、台所組組屋敷《くみやしき》がある諏訪《すわ》町の大きな陶器屋である。こちらは、和兵衛の父つまり香乃の祖父が主人の本店だ。次男の和兵衛は四谷《よつや》に暖簾《のれん》分けで小ぶりな陶器屋を出している。ごたついているのは、四谷の見世の隣に建てたばかりの家だった。

ごたつきの中味は、鈴菜の話によれば、こんな風だ。

「夜中、八つ（午前一時半頃）の鐘がごおんと鳴ったなあと思うと、襖《ふすま》がすうっと開きましてね。真っ暗ぁな闇の中から、見たこともない痩《や》せた婆さまがするするっと来て、枕元に座るんだそうでござんすよ。絣《かすり》の単衣《ひとえ》に黒い頭巾《ずきん》の装束で、目ばっかりキトキトして顔の筋ひとつ動かしゃしない。香乃さんは身動きできなくなって、助けも呼べない始末。で、そうこうしているうちに、婆さまはすううっと立ち上がって襖をぴしゃりと閉めていく、てんですから、ほんに嫌じゃござんせんか」

鈴菜は丸い顔をしかめて、厚切りの羊羹をむしゃむしゃと頬張った。

十四になる鮎川家の長女は、いつものように、昼を過ぎても髪はじれった結びのまま。単衣の袂《たもと》を肩までたくし上げて、だらしなく膝《ひざ》を崩している。

丸顔丸鼻の狸顔《たぬきがお》は親譲りでどうにもならない。けれど、少し気を使って粧《よそお》えば、目元の愛らしさで勝負することもできなくはなかろう。ただ、惜しいことに当人にまるでその気がない。

怪異譚《たん》だってそうだ。怖がる風なら可愛気もある。それを、意地でも平ちゃらでいようと決めている態度なのだから、どうにも小憎らしい。

「鈴菜。香乃さんの家の相談に乗るのはかまわんがな。それは上物の羊羹だ。もうちっと味わって食え」

格好や娘らしさについてはすでに諭《さと》すのをすっかり諦めて、惣介は芋のように口に放り込まれる羊羹だけを惜しんだ。

「どうせ、狸か狐《きつね》に化かされているに決まっておりますよ。どうもあの娘《こ》は、ふわふわしたところがあって。諏訪町のおじいちゃん、おばあちゃんに甘やかされて育ったせいでしょうかねえ」

我が娘が、組屋敷で噂《うわさ》になるほどだらしのないじゃじゃ馬なのだから、余所様《よそ》の娘をとやかく言える立場ではない。が、志織《しおり》は、鈴菜のことはひとまず不問に付して、香乃について論評した。

余所の娘の噂話をお供に食べると、羊羹の甘さがひときわ引き立つらしい。

「母上。武士の妻ともあろう者が、守ってやるべき民の至らなさをあげつらうなど、恥でございますよ」

小一郎《こいちろう》が、どこで習ってきたのか、十一歳とは思えぬ大人びた口調で母親に説教をたれた。

(でかしたぞ。小一郎。ついでに夫にかしずく心構えについても言うてやれ)

惣介は腹のうちで快哉《かいさい》を叫んだ。が、澄まし顔で黙っていたのは言うまでもない。

志織が珍しく赤面したのは、胸の空《す》く思いではある。だが、たかが幽霊話で《船橋屋》の羊羹を二棹《ふたさお》も持って相談に来た香乃の裕福な父を、『守ってやるべき民』とはなかなか思い描きにくい。

「ふわふわしていると化かされるのなら、姉上のところには、とっくの昔に狸と狐が行列を作っていそうなものではありませんか」

小一郎が羊羹をちびりちびりと齧《かじ》りながら、さらに正直なところを述べて、鈴菜にぴしゃりと叩《たた》かれた。

「母上も父上も、もそっと親身《しんみ》になって下さらなきゃ、もらった羊羹がただ取りになっちまいますよ。どこから漏れたのか、すぐに化け物屋敷の評判が立ったものだから、夜中に見物が集まるようになってましてね。香乃さんは、ご飯も喉《のど》を通らないんですから」

「そいつはいかん。人間、飯が食えぬようでは、生きる力もなくなっていくからなあ。飯が食えず、夜ごと怪異に悩まされておるとなると、心の病とも考えられる。曲亭馬琴《きょくていばきん》か息子の宗伯《そうはく》に所見を訊《き》いてみてはどうかの」

　今年の梅雨《つゆ》の終わりに、香乃は危ない目に遭《あ》っている。妻子《つまこ》のある男と関わり合って、心中に持ち込まれかけたのだ。身から出た錆《さび》とはいえ、つらい経験のあとの動揺の程度は人様々だ。香乃が、ひと夏過ぎてまだ心の傷を引きずっていたとしても、不思議ではない。

「馬琴先生のほうも、もちろん父上にお願いするとして……今晩わたしは、香乃さんと枕を並べて、あの家に泊まる手はずになってます。ですから、父上には外で見張りをしていただきます」

　厚さ二寸（約六センチ）の羊羹の分ぐらいは意見を述べた。義理は果たした、というつもりでいた惣介に、鈴菜があっさりと告げた。

　冗談ではない。いくら船橋屋謹製《きんせい》でも、羊羹二寸で用心棒稼業とは安すぎる。

「鈴菜が泊まれば、それで充分ではないか」

「足りませんってば。夜中に家の周りに人だかりがするだけじゃなしに、中には次々と石を投げる不心得者《ふこころえもの》もいるんですから」

　鈴菜は言葉を切って、茶をぐびりと飲み干した。

「父上にはまず、乱暴な野次馬を追い払っていただきます。その上で、わたしがあの屋に巣くう狐狸《こり》だか魑魅魍魎《ちみもうりょう》だかを座敷から追い出します。父上は、そ奴らが表に出てきたところを、きっちり捕らえて下さい。ほうら、よくできた手順でござんしょ」

文月《しちがつ》に入っても秋とは名ばかりで、日照りはまだつづいている。夜中に表で張り番をしても、風邪を引く気づかいはない。だが、野次馬と、鈴菜が追い出すと息巻いている何かのほうは、大いに問題だ。

乱暴な町人が、惣介の言うことを鼻で吹いたら、面目《めんぼく》丸潰れである。しかも、あとには怪異が控えている。

狐狸ならまだいい。魑魅魍魎だの、化け物を装った盗《ぬす》っ人《と》だのだったら、とても手に負えない。自分が斬った張ったの暴力沙汰《ざた》に極めて不向きであることは、先日、雑司ヶ谷《ぞうしがや》でも思い知ったばかりである。

とはいえ、腰に大小を帯びているからには、情けない返事もできない。惣介が、巧《うま》い言い訳を算段している間に、思わぬところから助太刀が来た。

「香乃さんと一緒に泊まるなどもっての外。魑魅魍魎がお前に取り憑《つ》いて、我が家に越してきたら何とするのです。父上の張り番もいけません。暗い中で狸が父上のお腹を見て、仲間だと思うてついてくるやもしれんのに。母は決して許しませんよ」

志織が団栗眼《どんぐりまなこ》で鈴菜を睨《にら》み据えて、決め文句を放ったのだ。

普段は子ども等の好き放題に振り回されている志織である。だが『決して許しませんよ』と言い出したときには、てこでも譲らない。こうなったものを、ごり押しすると、あとあと面倒が長い長い尾を引く。身に染みているから、鈴菜は目に角を立てながらも黙り込んだ。

「よしよし。この件は俺が預かろう。まだ陽《ひ》も高い。ちょっと出向いて馬琴に思案を借りてこよう。帰りに四谷へ回って《美濃屋》の様子も見てきてやる」

惣介は潮時を読んで用事を作り、腰を上げた。このまま家にいれば、母娘喧嘩《おやこげんか》に巻き込まれるのは必定《ひつじょう》。三十六計逃げるに如《し》かずである。したり顔の馬琴から講釈を聞くほうが、ずっとましだ。


秋の気配の欠片《かけら》もなく、八つ（午後二時頃）過ぎの通りは蒸《む》し暑かった。

それでも暦《こよみ》の上の秋は秋で、町のあちらこちらに土用《どよう》干しが目立つ。七夕《たなばた》を前に早々と、一年分の落ち葉やごみを底からさらえる井戸《いど》替《が》えの支度を調えている家もあった。

惣介は、馬琴の住む元飯田町《もといいだまち》を訪ねる前に、日本橋《にほんばし》をこまめに歩き、あちらの店、こちらの店と覗《のぞ》いては、竹皮に包んだ六串の鰻《うなぎ》を誂《あつら》えた。

(中串とはいえ、一本二十四文もする鰻を六本も持ってきたのだ。すげなく追い返されたりはするまい)

惣介の目論見《もくろみ》どおり、馬琴は上機嫌だった。険《けわ》しい色を帯びていることも多い小さな目が、今は、眼鏡《めがね》の奥で柔和に細く垂れている。

「鮎川殿は不思議な力をお持ちですなあ。それがしが腹を空かせておると、きっと旨《うま》いものを持って姿を現す。遅い昼餉《ひるげ》にしようかというので、ちょうど幸《さき》が飯を炊《た》き始めたところでしてな」

当たり前のように案内された台所では、幸が火吹き竹を握って汗をかいていた。百《ひゃく》が仕切っている神田同朋町《かんだどうぼうまち》の別宅よりは、よほど掃除の行き届いた台所である。

馬琴の長女の幸は十六の歳に一人、十七で一人、婿《むこ》を迎えた。

最初の男は一年で出奔《しゅっぽん》し、二番目の男は放蕩者《ほうとうもの》で、やはり一年で離縁になっている。どちらの場合も、幸が悪いのではなかった。婿の出来が悪く、馬琴が口うるさく、両方の板挟みになった格好である。二十七歳になった今では、縁組みもせず、馬琴の世話に追われている。

「飯が炊き上がるまでに、近頃の流行《はや》りに倣《なら》って、鰻に添える長芋の田楽《でんがく》を作りますかな」

台所にある食材を眺めて惣介が提案したときも、幸は伏し目がちにうなずいただけであった。夏大根をくるくるとつながった輪に剝《む》いてみせると、「まあ」と感心して、はにかんで笑ってくれた。別嬪《べっぴん》ではないが、穏やかで優しい娘だ。

飯炊きは幸に任せて、惣介は鰻の包みを開いた。

江戸の鰻には品川《しながわ》鰻、深川鰻、池之端《いけのはた》鰻の三種がある。

品川鰻は別名〈しおさい〉と呼ばれ、四、五寸から一尺ほどまで様々な大きさがある。味は淡泊だと言われている。

深川鰻は小振りなのが多いが、その分、身が引き締まって香りもこくも強い。

池之端鰻は、不忍池《しのばずのいけ》で獲《と》れるわけではない。千住《せんじゅ》の向こうから運ばれてくるもので、三つの中ではもっとも大きい。

暑さと埃《ほこり》を堪《こら》えて店を三軒も回ったのは、相談のついでに、それぞれの鰻を食べ比べてみようとの心算《しんざん》があったからだ。

飯の炊き上がりを見計らって、薄切りにして酢水につけた長芋を七輪で焼いた。

去年の秋に収穫して保存してあった芋は、この時期になるとずいぶんあくが抜けているから、ほんのしばらく酢水につけただけで旨く食える。

鰻も焦がさないように気をつけながら炙《あぶ》り直して温めた。

鰻の匂いに惹《ひ》かれて、珍しく馬琴が台所の周りをうろうろしていた。惣介はこれ幸いと、料理の手を動かしながら、香乃の災難について逐一《ちくいち》話をした。大奥のことと違って、幸に聞かれて困ることもない。

「なるほど、蒲《かば》焼きには品川鰻がもっとも合うようですな。たれと山椒《さんしょう》の風味がよく引き立つ」

飯と一緒に鰻を頰張るやいなや、馬琴は品定めを開始した。

「深川鰻を白焼きで誂えてこられたのは、さすが鮎川殿。たれをつけてはせっかくの潮の滋味がそこなわれてしまう」

いちいち言い当てるのは見事だが、六串のうちの三串は自分、残りの三串を惣介と幸が分けるもの、と勝手に決め込んでいるのが厚かましい。しかも、《美濃屋》の怪異については、聞いたそばから忘れてしまったかのように、何も言及しない。

それでは困るのである。

「座敷に現れる老婆だが、どう思われる」

「ふむ。あのつまらん化け物話のことは、鰻を堪能《たんのう》し終わってからにしたいところだが、そうもいきませんかな」

馬琴は口の中の深川鰻を惜しむように呑み込んでから、ようやく口を開いた。

「あれは狐狸ではない。魑魅魍魎でもない。魑魅魍魎や幽霊ならば、襖を開け閉めせずに出入りするでしょう。また、狐狸の場合、襖を開けることはできるが、閉めることは難しい」

「さすれば、老婆は生身の人だと言われるのですか」

「さよう。つけ加えるなら、老婆というのも大いに疑わしい。《美濃屋》の娘は、十六、七なのでしょう。そんな若い娘からすれば、四十の女も五十の女も、下手をすれば、三十路《みそじ》の女でさえ婆さんに感じられるでしょう。細めた行灯《あんどん》の明かりで、おびえながら見たなら、なおさらのことです」

それで話は仕舞い、とばかりに、馬琴はまた鰻に集中した。

「池之端鰻は大きいだけあって、脂の乗りが強いですなあ。夏大根とよう合う。しかしながら、この輪つなぎの飾り切りは、お城では豪奢《ごうしゃ》に見えてよいかもしれんが、町屋で食べるにはひたすら邪魔くさいだけですぞ」

人の奢《おご》りで散々食べた挙句の締めくくりがこの科白《せりふ》。せっかく御膳所の技を披露してやったのに、ずいぶん嬉《うれ》しい言われ様だ。それでも、馬琴に訊きたいことはまだあるから仕方がない。

「さよう。千切りのほうが食べよかったやもしれませんな」

惣介は、大人しく返事をして、幸の入れてくれた茶を飲んだ。

「それにしても、夜な夜な座敷に出没しておるのが人だとすれば、ずいぶん酔狂《すいきょう》なことだ。恨み言を残すわけでもなし。金品が盗まれた節《ふし》もない。目当ては何でしょうな」

「様々考えられるが……調べるべきは野次馬でしょうな」

さっさと二階の仕事場へ引き揚げたがっているのを丸出しに、馬琴はがっしりした体を揺らしながら、案をひねくり出した。

「化け物屋敷に礫《つぶて》を投げるのは、ままある話です。余所様の苦難を面白おかしく囃《はや》し立てて憂《う》さを晴らす。そういう醜い性《さが》を平気で露《あらわ》にする者たちが、昔も今も変わらずにおりますからな。しかしながら――」

馬琴は言葉を切って、焼いた長芋を口に放り込んだ。

「田楽味噌《みそ》と芋の香ばしさ。相性が絶妙だ。これは大した思いつき……」

惣介が焦《じ》れた顔になったのに気づいたのだろう。馬琴は茶を飲んで、小さく咳払《せき》いした。

「これは、話が横道にそれた。何でしたかな」

「野次馬が礫を投げるのが気になると」

「おお、それそれ。確かによくあることだが、普通は、じわじわと噂が広がって、少しずつ人が集まるようになって、中に質《たち》の悪い者がいて——と、ときがかかるものです。的《まと》になる場所も、廃屋《はいおく》であったり、以前から因縁話がある所だったりと、それなりのわけがある」

《美濃屋》は近所づき合いも怠らない、繁盛している見世《みせ》だ。老婆が現れるのは、更地《さらち》に建てたばかりの新家《あらや》。しかも、怪異が始まって間もおかずに人だかりができている。なるほど、奇妙ですな。座敷に現れる者と石を投げる野次馬とが示し合わせて、《美濃屋》の新宅を狙っているかのようだ」

「まさにそのとおり。建てたばかりの家から住人を追い出す、あるいは、家を壊して更地に戻す。そのような企《たくら》みがあるのだと思いますぞ」

言い終えるやいなや、馬琴は、芋を二切れいっぺんに口へ運んだ。

惣介の脳裏を、雑司ヶ谷の寺にいた大工姿の男たちがよぎった。

（大工に身をやつしていた奴らが《美濃屋》の普請に関わっていたとしたら……）

香乃の怪異騒ぎと偽坊主の事件が結びつくかもしれない。そう考えると胸が騒いだ。

「そういえば、宗伯がたいそうお世話をかけたそうで、痛み入る。市中に阿芙蓉《あふよう》が出回っておるやもしれんとも聞きました。不穏な一団が江戸を混乱に陥れるべく動いておるとなると、長きにわたった徳川《とくがわ》の太平の世も、揺らぎ始めたということですかな。上つ方もぼやぼやしておれんだろうし、流血も起きる」

他人事のように呑気《のんき》な顔で首を傾《かし》げて、馬琴はまた芋をつまんだ。

「先が読めぬのが憂き世の常。いたずらに思い煩《わずろ》うても仕様がないが、くれぐれも御身《おんみ》大切に。無理は禁物だ。ご用心召されよ、鮎川殿」

当然のことながら、家斉《いえなり》の怒りについても、隼人《はやと》に下った下命のことも、雑司ヶ谷での出来事も、馬琴には話していない。唖然《あぜん》とする惣介に目を据えて、それでも、馬琴の声音《こわね》には心底から案じてくれる響きがあった。

二

七つ半（午後六時頃）の傾きかけた陽を浴びながら、惣介は四谷まで歩いた。帰りがけには伊賀町へ寄って、野次馬の探索につき合うよう片桐《かたぎり》隼人に頼むつもりだった。

通りに舞う土埃の向こうから、苧殻《おがら》売りの声が聞こえる。

（春吉《はるきち》も商いに精を出しているだろうか）

鬼子母神《きしもじん》像は手に入れそこねたようだが、壺《つぼ》の残りの阿芙蓉は、惣介のところへ持ってきて、きっちり二両せしめていった。今頃はあの金を元手に洗濯からくりを作り上げ、嬉しがっているかもしれない。

道々考えてきたとおりに、惣介は、まず《美濃屋》へ顔を出して、新築を請《う》け負った大工のことを訊《たず》ねた。棟梁《とうりょう》の住まいはごく近所で、せっかく腕を振るった普請《ふしん》が化け物屋敷の汚名を着せられて、ずいぶん意気消沈しているらしい。

「二日目からは廊下に見張りを立てているのですが、どういうものか、いつの間にか香乃の寝間に現れておりましてね。で、香乃の悲鳴を聞いて座敷に飛び込む頃には、もう姿がないのでございます」

《美濃屋》の主《あるじ》は、万策《ばんさく》尽きたという風情《ふぜい》で肩を落とした。

惣介の声が聞こえたのだろう。蒼白い顔をした香乃が、棟《むね》つづきの家から出てきた。もともと華奢《きゃしゃ》で、可憐《かれん》だが気の弱そうな娘が、すっかり痩せてやつれている。強い紫蘇《しそ》の匂いが鼻に来た。紫蘇は気持ちを鎮め、気鬱《きうつ》から来る胃の腑《ふ》の痛みにも効く。香乃が薬代わりに使っているのだろう。

娘に似た顔立ちの母親が、辺りをきょろきょろとうかがいながら、気が気でない様子で傍についていた。

「皐月《ごがつ》のことといい、今度といい、ご迷惑ばかりおかけして。ほんに何とお詫《わ》びすればよいやら……あたしが愚かで考えなしだから祟《たた》りを受けているんです。きっとそうに違いないんです」

熱があるらしいとろんとした眼で、香乃はすがるように惣介を見つめた。

「その絵解きは妙だぞ。座敷に出るのは婆さまなのだから、皐月の件とは関係あるまい。何でもおのれのせいにしてはいかんな」

「けど――」

べそをかいた顔でさらに自分を責めにかかった娘を、母親がひそめた声でさえぎった。

「香乃。しいっ。外でつまらないことをしゃべりなさんな。煙草屋《たばこや》のかみさんや小間物屋の隠居《いんきょ》が、聞き耳を立てているに違いないんだから。面白おかしく噂の種にされて、お前、ろくな嫁入りの口もなしになってしまうよ」

大仰《おおぎょう》に顔をしかめた母親は、惣介にも迷惑そうな目を向けた。香乃はぎゅっと目を閉じて、胃の腑の辺りを押さえている。

「ずいぶん具合が悪そうだが、医者にはかかっているのか」

惣介の問いは香乃に向けたものだったが、返事をしたのは母親だった。

「暑さで少々胃の腑を痛めておるだけでございます。自家製の紫蘇の絞り汁を飲ませ、痛むところにも葉を貼っておりますので、ずいぶん持ち直して参りました」

小声で話しながらも、落ちつきなく周囲に目を配っている。

娘の心持ちより世間体が気になる母親はどこにでもいる。娘の評判の良さを、おのれの功名と見なし、自分と娘をひとくくりに損得勘定《かんじょう》をしている母親だ。

この調子でいつも母親からうるさく干渉《かんしょう》されているのでは、紫蘇の効能も勝ち目がなかろう。といって、惣介が口を出しても、この母が変わるとは思えなかった。

立ち話が長引けばこちらにも火の粉《こ》が飛んできそうな風向きに、惣介はそそくさと挨拶《あいさつ》を済ませて、棟梁の家へ向かった。

（鈴菜などは、種どころか、噂があちこちで芽吹いて花盛りだろう）

果たして嫁《とつ》ぎ先が見つかるのか。少々暗澹《あんたん》たる気分になっていると、背後から

「鮎川殿」と声がかかった。振り向くと大鷹源吾《おおたかげんご》が立っていた。江戸中を包む気怠《けだる》い暑さとは無縁の爽《さわ》やかな姿である。

「雑司ヶ谷で大工道具の印に気づかれたのですね。さすがだな。それがしも、あの印からたどって棟梁の名を調べ上げましてね。訪ねて参ったのです」

これは暗におのれの探索能力を誇っているわけで、この男の自画自賛ぶりは、馬琴といい勝負なのである。

「いや、印からではない。《美濃屋》の新しい家に夜な夜な現れる物の怪のことを調べておったら、あの大工姿の二人が関わっておると思われる節が出てな」

惣介は馬琴の家で思いついたあてずっぽうを、大鷹に話して聞かせた。証《あかし》も何もないひらめきでも、口に出してしまうと、絶対当たっている気がしてくるから不思議なものだ。大鷹が大きくうなずくのを見れば、なおさらである。

「確かに。あの二人がその家の普請に関わったとすれば、鮎川殿の調べておられる物の怪騒ぎと日寂《にちじゃく》の一味とは何らかのつながりがあるに違いない」

すっかり納得した顔つきの大鷹に、惣介は鷹揚《おうよう》にうなずいてみせた。

「一味の残党が、まだ棟梁のところに隠れていると思うか」

「わかりませんね。上手《うま》い具合に残っていて、今回こそ捕らえることができれば何よりですが。まあ、そうでなくとも、日寂や下総《しもうさ》につながる話が何か聞ければ上々かと。気に入らないお方もおいででしょうけれど」

大鷹は含みを持たせて言葉を切った。

雑司ヶ谷の破《や》れ寺で、隼人は、大鷹の意に反して、最後に残った一人を取り調べることもせずに斬り捨てた。そこにまだこだわっているらしい。

「隼人は上様の命に従ったまでだ。おぬしや寺社方の邪魔だてをするつもりも、隠しごとをする気もなかったと思うぞ」

「雑司ヶ谷のことは、そのように承知しております。ですが、あの方は、別件でもこっそり動いておられる。片桐殿が、市中の腕のよい駕籠師《かごし》を次々と訪ねていることは、鮎川殿もご存じないのではありませんか」

まったくもってご存じなかった。

(千登勢《ちとせ》の事件を、まだ追いかけておったか)

惣介にも内緒で動いているとなると、よほどの事情があるに違いない。

「おぬしは、片桐のすることに、ずいぶん気を配っておるのだな」

「あの方は考え方、もののとらえ方、処し方、何かにつけてそれがしとはまるで違っている。だから興味深いのです」

「あ奴はただの堅物《かたぶつ》なお人好《よ》しだ。構うても面白うはないぞ」

「心配御無用ですよ。下心や謀《はかりごと》はありません」

明るい顔できっぱり宣言されると、それ以上問い詰める材料はなかった。

《美濃屋》の怪異と日寂の江戸での動き。実際、そこにつながりがあるのかどうか。

そちらの解決が先決だ。


「素人同然の二人に情をかけて雇えば、四谷の普請が終わる寸前になって、挨拶もなしにとんずらするわ。和兵衛さんには、あっしの手順に間違《まちげ》ぇがあったから、物の怪を引き寄せちまったんじゃねぇかって責められるわ。泣きっ面に蜂たぁ、このことでさ。狸か狐か知らねぇが、人間様の寝間に入り込むようじゃとても里にはおけねぇと、すっぱり言い渡してやらねぇと」

棟梁の家で大鷹と並んで、狐狸の代わりに説教を食らいながら知り得たのは——

水無月《ろくがつ》の末以来姿を見せなくなった大工が、雑司ヶ谷で隼人に斬られた二人と特徴が一致すること、それ以外の職人は、皆、十年来の子飼いで、日寂の一味らしき者はいないこと、そして、雑司ヶ谷で斬られた二人とそこそこ仲がよかったのは、徳次《とくじ》という大人しくて腕のいい弟子であること——の三点だった。徳次は三十四になる独《ひと》り者で、母親の浅《あさ》と二人で暮らしているという。

棟梁は、浅が左前になって潰れてしまった大きな太物屋《ふとものや》の総領娘《そうりょうむすめ》だ、と話したあとで、肩を落としてつけ加えた。

「あっしは、浅さんが、実家のお店《たな》をもういっぺん立て直すんだ、そのためには徳次にしっかりしてもらわないと、って言うのを聞くたんびに、諦めの悪い話だと思ってきたが……てんで、わかっちゃあいなかったね。幾つになったって、人間、なかなか諦め上手にはなれねぇもんなんだ。この二十年、俺はいつだって律儀《りちぎ》にやって来た。それがこの化け物騒ぎで台なしかと思うと、死んでも死にきれねぇ」

怒りが泣き言に変わった棟梁から徳次の長屋の場所を聞き出し、丹精した新築で悪さをしている狐狸を捕らえたら必ず引き渡すと約束して辞したときには、暮れ六つ（午後七時頃）が間近になっていた。

朱《あか》く染まった空に笹竹売りの声が響く。笠《かさ》をかぶって、短冊《たんざく》、色紙売りの女が通り過ぎる。よそ見をしたりのろくさしたりの惣介にとって、それなりに速さを合わせてくれる大鷹は、大層ありがたかった。

（若いのに、隼人よりよっぽど気配りがいい）

気分よくたどり着いた徳次の長屋は、九尺二間とはいえまだ新しく、小ぎれいに整えられて住み心地がよさそうだった。《美濃屋》と同じ麹町《こうじまち》にあり、棟梁の家がある御箪笥町《おたんすまち》とは通りひとつ挟んだ位置である。井戸替えに備えてだろう。井戸端には、縄や桶《おけ》が積んであった。

惣介たちの訪《おとな》いに応えて腰高障子《こしだかしょうじ》を開けたのは、五十を二つか三つ過ぎたくらいの、色の白い細身の女であった。徳次の母親の浅らしい。

「倅《せがれ》は近所の湯屋《ゆや》に行っております。まだ出たばかりでしばらくは戻りませんよ。どういたしましょうかね」

侍二人が戸口に立っても、臆《おく》する様子もなく受け答えするあたり、いかにも元は大店《おおだな》のお嬢さんだとうなずける。年相応に皺《しわ》を刻んではいるが、目元のぱっちりした細面の顔はこざっぱりしていた。洗いざらしの単衣をぴしりと着こなし、髷《まげ》もきちんと結い上げている。

母子《ははこ》の几帳面《きちょうめん》な質を物語って、部屋の中も塵《ちり》ひとつなく整頓が行き届き、鍋釜から枕屏風《びょうぶ》まで、贅沢《ぜいたく》ではないがしっかりした造りのものが揃って、徳次の稼ぎの良さをうかがわせていた。

「倅殿は、左官の時治《ときじ》。歳は二十三で、塩町《しおちょう》の棟梁のところに出入りの職人。それで違いありませんかな」

湯屋の場所を聞き出したあとで、惣介は愛想《あいそ》を振りまきながら口から出任せを並べた。

「お武家様、それはとんでもない人違いでござんすよ。うちの倅は徳次っていうんです。歳は三十四で、この近くの御簞笥町の棟梁のところで大工をやってますんで」

「こいつはしくじった。まるっきり別人ではないか。いや、実は当家で下働きをしておる娘が、時治という左官といい仲になっておるようでな。気だてのいい娘《こ》ではあるし、時治の人柄を確かめて、良い男なら所帯を持たせてやろうと出てきたのだが——こちらの間違いで、夕餉《ゆうげ》の支度で忙しいところを手間をとらせた。許せよ」

惣介が詫《わ》びとともに徳次の家を辞し、長屋の路地を小走りに出て、近所の湯屋に向かうまで、大鷹はひと言もしゃべらなかった。何かわけがあることをすぐ察して、間抜けた質問でことをぶち壊したりはしない。さすがに水野和泉守《みずのいずみのかみ》の懐刀《ふところがたな》である。

「《美濃屋》に出没しておる物の怪は徳次の母親だ。間違いない」

大鷹が鋭い目を和《なご》ませて、二度、首を縦に振った。

「匂いですね」

「ご明察だ。《美濃屋》の香乃は、紫蘇で作った自家製の薬を体にべたべた貼っておる。寝間にも布団にも、その匂いが染みついているはずだ。で、徳次の母親の浅から、まったく同じ匂いが嗅ぎ取れた」

「毎晩、香乃の枕元に通っているせいで、紫蘇薬の匂いが移ったのですね。なるほど。普請にたずさわった徳次なら、表から忍び込むための隙間も用意できるし、中の間取りを浅に教えることも可能だ」

「そういうことだ。浅が幽霊のふりをして脅し、徳次が野次馬に紛れ込んで石を投げ騒ぎ立てる——目当ては《美濃屋》の家族を家から追い出すことだろう」

「徳次は雑司ヶ谷の一味と親しかったそうですからね。連中が集めた金子《きんす》か金目の物か、何かを香乃の寝間に隠すところを目撃したのやもしれません。それを取り出す機会を作ろうと、ひと芝居打っている、といったあたりでしょうか」

惣介も大鷹の推量に異論はなかった。

「徳次も一味の仲間なのかどうか。《美濃屋》の引っ越しの前に、物を取り出さなかったわけ——知りたいことは多々あるが、なんと言っても、いの一番は隠し場所だな。天井裏か床下か、柱の秘密穴ということもあり得る」

「簡単なことですよ。徳次に取り出させてやればよいのです」

大鷹は面白がっている顔になっていた。

「取り出しているところを押さえれば、動かぬ証《あかし》になるし、こちらも捜す手間が省けます。美濃屋さんにはそれがしが話をして、急ぎ、家を空けてもらいましょう。鮎川殿には徳次に罠《わな》を仕掛けていただく。木戸の閉まる頃合で、《美濃屋》の脇の路地にて待ち合わせ、それから――」

惣介は、ただふんふんとうなずいて、大鷹が詳しく策を語るのを聞いていた。和泉守の寵臣《ちょうしん》は、一休禅師《いっきゅうぜんじ》も顔負けに知恵が回るのであった。

若いのに剣が強く、弁舌爽やかで、機転が利き、しかも男前だ。惚《ほ》れる女も、馬草《まぐさ》にできるほどいるに違いない。

（我が団子鼻《だんごばな》と引き比べて妬《や》くつもりは毛頭《もうとう》ないが、天はこの不公平をどう釈明する）

膝詰《ひざづ》めで二、三刻《とき》問い質《ただ》したい……そんなことを頭の片隅で考えながら、惣介は大鷹の案に耳を傾けた。

「気になるのは、徳次と母親のことだ。一味に荷担しているなら斟酌無用《しんしゃくむよう》だが、もしそうでないなら、できれば……」

口ごもった惣介から目をそらして、大鷹がくっくっと笑った。

「お気持ちのままに。とりあえずは、徳次の名も浅の名も、和兵衛には漏らさぬようにいたしましょう」

それしか言いはしなかった。けれど、大鷹が胸のうちで「鮎川殿は甘い」とつぶやくのが聞こえた気がした。

（大甘でかまわんさ。わずかな出来心から、親子揃って崖を転がり落ちていくのを見たくはない）

こちらも胸の中で独り言《ご》ちて大鷹に頭を下げ、惣介は寸法に従って、湯屋の前にひとり残った。

（顔も見たことがない相手だ。上手く見つかればよいが……番台でそれとなく訊いてみるか）

すでに湯から上がっているかもしれない。湯に来る前に寄り道をしていることもあり得る。ここで徳次に会えなければ、他の手を考えねばならない。

惣介の思案投げ首は、履き物置き場にいる間に、上手い具合に片がついた。

脱衣場で裸になり終えた男が、洗い場に向かう竹簀子《たけすのこ》に足をかけたもう一人の男に声をかけたのだ。

「よう、徳次じゃねぇか。おめえっちが建てた新普請《あらぶしん》の家に、どろどろと幽てきが出るってぇ噂だぜ。板と鉋《かんな》で、化けもんまで作っちまうとは、えれぇもんだなあ」

徳次は相手をちらりと見たきり、ものも言わずに洗い場に胡坐《あぐら》をかいて、体を洗い始めた。職人らしく全身よく日に焼けている。目元と細面の顔立ちが、浅に似ていた。

手ぬぐいの使い方が男にしては丁寧で、母親の躾《しつけ》のあとが感じられる。忍び込みや石投げのような真似《まね》を、自分で思いつく輩《やから》とは思えなかった。

「お祓《はら》いでも頼むに違《ちげ》ぇねぇと、皆が取り沙汰《ざた》してるが、どうなんでぇ」

話しかけている男は行商らしく、顔だけ焼けて体は生白いまま。惣介にとって幸いなことに、しつこく徳次に食いついている。

「知らねぇよ。どうせ狸か狐の仕業だろうに、やいのやいのと喧《やかま》しいこった」

徳次がようやく返した答えが、ふと惣介の心に引っかかった。

そぞろで投げやりな声音には、上手に立ち回って、都合のいい噂を広めようとする気配がなかった。まして、雑司ヶ谷にいた連中のような、荒ぶった様子は皆無である。

(徳次と浅は、本当に手を組んでおるのか)

わからなくなりながらも、惣介は、徳次と行商男のあとにつづいて、石榴口《ざくろぐち》をくぐった。

コンと桶の音が響き、二人の男の姿が湯気にかすむ。湯船は空いていた。

惣介は、妙に思われないよう、ほどほどの間をおいて湯に体を沈めた。暑さと埃に草臥《くたび》れた体を、熱めの湯が包《くる》んで、思わずほうっとため息が出た。

「そう怒んなよ、徳次。ちっとからかっただけだぜ。おめえが、気が気じゃねえのもわかるさ。美濃屋さんはあの家を壊しちまうだろうって、話まで出てんだからな」

徳次が息を呑んだのがわかった。

「苦心して建てた家を、そう簡単に潰《つぶ》されたんじゃ、たまんねぇよな……」

「壊すというのは、違うようだぞ」

しゃべりつづける行商に割り込む形で、惣介はするりと会話の中に入った。

「先ほどから見世のほうへ家財道具を運び込んでおった。何でも、新家を空にして、明朝から、すべての座敷を天井から床下まで調べてみるそうだ」

「へええ、旦那、やけに詳しいじゃねえですか」

行商が上手く釣れた。

「なに、お役目柄、《美濃屋》とは関わりが深いのでな。さっき見世を訪ねて、そのように聞いてきたのだ。狐狸であれ、野晒しであれ、大人数で捜して回れば、怪異の種も見つけられるであろうよ」

「違《ちげ》ぇねえや。おい、徳次。よかったなあ。これでおかしな騒ぎもさっぱりと打ち止めだ」

行商が湯をはね散らかして陽気な声を上げたが、徳次は押し黙ったままだった。撒《ま》き餌《え》は済んだ。あとは母子が釣り針にかかるのを待つばかりである。

惣介はのぼせて少しふらつきながら、湯船を出た。

三

湯屋を出たあと、惣介は心づもりどおり隼人を訪ねた。《美濃屋》の張り込みにつき合うよう頼むためである。家斉の命もある。《美濃屋》の怪異に、雑司ヶ谷の一味が絡んでいるとなれば、隼人のほうは否《いや》も応もなかった。

八重《やえ》が冷やした茶を出して下がったきり、隼人の家の中は静まり返っていた。今日は惣介も気を利かせて、道すがら閉まり掛《が》けの八百屋に寄って、ちょうど旬《しゅん》の青《あお》林檎《りんご》を土産《みやげ》に買い求めてきている。

青林檎は、さっぱりした酸味と歯ごたえの気っ風の良さが、夕涼みにふさわしい水菓子だ。以知代《いちよ》と八重はそれを食べながら、夜風に当たっているのかもしれなかった。

皆が夕刻《ゆうこく》から涼みに出歩く時節である。路地の表に涼床《すずみどこ》を出して、無駄話に花を咲かせる者もいる。いくら徳次と浅が焦っていても、木戸が開いているうちは動けまい。木戸の閉まる四つ（午後十時頃）を待って張り込みを始めようという大鷹の算段は、そのあたりまで読んだものであった。

待つ間、八重の手料理で夜食のひと皿でも、と見込んだあては外れた。が、千登勢の行方知れず事件の探索がその後どのように進んでいるのか、じっくり訊くにはちょうどよかった。

「前も言うたが、藤島《ふじしま》様の駕籠は事件の前から修理が決まっておった。それがそもそものきっかけだったのだ。この件をしでかした者は、千登勢を大奥から逃がしたかった。駕籠はその目的を果たすために上手く使われたということだ」

隼人は自分の分の青林檎を齧《かじ》って、すっぱそうに目を細めた。

「だが、御用達《ごようたし》の駕籠師のところには届いておらなんだ。そうだったな」

「御用達の駕籠師を使えば、誰が駕籠を運んでいき取りに行ったか、あっさりわかってしまうからな。そこから万が一にもからくりがほころびるやもしれんと、恐れたのだろう」

ならば、中年寄、藤島の駕籠、すなわち、二の側で骸《むくろ》入りで見つかった駕籠は、どこで修理されたのか。それを突き止めるために、隼人は、市中の腕のよい駕籠師をあちこち当たっている。そこまでは大鷹源吾からすでに聞いた。

「大鷹はしばしば俺のあとを尾《つ》いて回っておる。それには気づいていた。妙な奴だ。何かと動きづらくてかなわん」

がぶりと茶を飲んで、隼人は苦笑いになった。

「それで、修理にたずさわった駕籠師は見つかったのか」

「まだだ。非番や役目のあとに、ひとりで細々と捜しておったのでなあ。だが、じきに目処《めど》は立つ。何しろ明日からは鮎川惣介が加勢してくれるからな」

「待て。そんな約束をした憶《おぼ》えはないぞ」

残暑が居座った市中を、うろうろと歩き回るなど御免こうむる。

「まあ、聞け。あの事件のからくりは解けた。最初は当て推量だったのだがな。おおかた当たっていたようだ。いいか。最初の仕掛けは、千登勢を大奥の裏口からこっそり表に逃がすことだ」

隼人が湯呑みを団扇《うちわ》に持ち替えて、語り始めた。

「もともと、千登勢のような部屋方の単衣は木綿《もめん》だ。手ぬぐいを頭にかぶって前掛けでもつけてしまえば、城中を通り抜ける町人に紛れてしまえる。そのようにして千登勢がいなくなっても、しばらくは誰も気がつかん。で、下働きの御末《おすえ》たちは前々からの言いつけどおりに、藤島様の駕籠を七つ口まで担ぎ出す。それから、千登勢の行方知れずがわかって大奥が騒ぎになる。混乱の最中を狙ってそっと駕籠を持ち出す。ここまでが、千登勢の行方不明当日の話だ」

「なるほど。御広敷《おひろしき》を上手く出てしまえば、修理の駕籠を運んでいく者に目を留める者などおらんからなあ」

「で、四日後、駕籠は修理を終え、こっそりと乗り物部屋に戻された」

「骸を入れて――だな」

惣介の合いの手にうなずいて、隼人は止まっていた団扇を動かした。

隼人が憂鬱《ゆううつ》そうにしていた理由と、ひとりで調べに回っていた意図。それを惣介はようやく知った。

千登勢と打ち合わせて大奥の裏口から外へ逃がし、骸入りの駕籠をこっそりと乗り物部屋に運び込む。そんなことができるのは、大奥の世話をする御広敷の役人、裏口の鍵も乗り物部屋の鍵も持っている添番《そえばん》か伊賀衆だけだ。

調べれば同役の者が犯した罪を暴《あば》くことになる。『狸の仕業』で済ませることも考えて、迷ったに違いない。

「放っておこうかとも思うた。ところが、そこへ日寂一味の悪行だ。千登勢がきゃつらの仲間で、添番の同輩まで取り込まれているやもしれん。となれば、捨ててはは置けなんだ」

雑司ヶ谷ですでに、千登勢の件は日寂とは無関係だとわかっている。それでもまだ、気がかりが残っているらしく、隼人の表情は冴《さ》えなかった。

（いかんぞ。こうやって話を聞いてしまえば、嫌でも、日盛りを隼人の足に合わせて息を切らしながら歩く羽目になる）

ひとっ風呂、冷や酒、昼寝、西瓜《すいか》、宵のそぞろ歩き……文月の楽しみを次々思い浮かべて気をそらしても、結局、惣介は口を出さずにはおれなかった。

「駕籠に入っていたのは、首をくくった挙句《あげく》、裸で捨てられた安女郎《やすじょろう》あたりか」

吉原《よしわら》の太夫《たゆう》ならいざ知らず、江戸市中のあちらこちらでこっそり春を販《ひさ》ぐ安女郎は、病んでも死んでもまともな扱いはしてもらえない。抱《かか》えていた女郎が死ぬと、葬儀もせずに着ていた物を剝《は》いで骸《むくろ》を寺に投げ捨てる。そんな不心得者《ふこころえもの》がいくらでもいるのだ。

「拾ってきた亡骸《なきがら》に千登勢の単衣を着せるつもりだったが、骸が傷みすぎていてできなんだ。だから諦めて、あとで脇に置いた、と」

「そんなところだろう。で、その骸を乗せた駕籠を油単《ゆたん》で包み、木箱に入れた」

隼人が腕を組み直してつづけた。

「表の役人が入っていたから、大奥の火の番は夜半の見回りを休止していた。長局《ながつぼね》から井戸の底まで、千登勢を捜して奔走《ほんそう》していた表の役人たちも、八つ（午前二時頃）過ぎに小休止を取った。その隙を狙って、裏口から二の側の乗り物部屋まで、木箱を運び込んだのだと思う」

「しかし、それは難儀だぞ。わずかでも誰かに見咎《みとが》められたら仕舞いではないか」

「仕舞いになるどころか、何とでも言い抜けられ、上手くゆけば、働き者よ、でかしたと、褒《ほ》められる者が二人だけおるのさ」

覚えがあった。

「そうか。骸入りの駕籠が見つかった日に、二の側の乗り物部屋を調べる役についていた添番だ。あれは、石木《いしき》善之助《ぜんのすけ》と――」

「野々山《ののやま》右近《うこん》。二人ともにようやく三十路《みそじ》を越えたばかり。普段から仲も良い。

野々山には妻子があるが、石木は独り者だ。おぬしと違《ちご》うて鍛えておるから、二人で合力すれば、駕籠と骸の入った木箱も充分に担げる」

「二の側の受け持ちなのだから、廊下で誰ぞに訊ねられても、臭う箱があったので、表に出そうとしたとでも、木箱の数が足りんので捜しておったら裏口にあったとでも、好きなように言い抜けられる。そこまではうなずけるが――」

　惣介は首を傾げた。

「露見したなら、役を解かれるどころでは済むまい。命が危うい。なにゆえ、千登勢を逃がすためにそんな際《きわ》どい綱渡りをする」

「俺もそこが知りたい。日寂の一党が絡んでいるなら、話はわかりやすかった。千登勢を逃がし、策謀に荷担《かたん》させようとしたと考えれば合点がいく。だが、そうではなかった」

　惣介は、天守台で隼人が話していたことを思い出していた。

『三十路を越えた石木善之助でさえ、見事な黒髪のてっぺんから、足の爪先の黒子《ほくろ》まで、ほとばしるような色気《しがっ》があってと……』

　語られていたのは、卯月の灌仏会《かんぶつえ》の折りの千登勢の様子だった。更衣《ころもがえ》で足袋《たび》を脱いではいるが――。

「警護の役につくのは夜だ。それも提灯《ちょうちん》を手に、長局の廊下に立つばかりで、奥女中たちの間近まで寄ったりはしない。爪先の黒子が目に入るはずもないのだ」

それでありながら、石木は、千登勢の足の爪先のことを言っている。

「石木は、千登勢を逃がすときに、素足を見たのだな」

その前にもこっそりと何度か会って、細かに計画を練っていたとも考えられる。

惣介のほうは、天守台で聞いたときには、微塵《みじん》の不審も抱かなかった。だが、隼人はあのときすでに気づいていたに違いない。

「惚《ほ》れたと。そういうことか」

言い仕舞が嘆息になった。悪い女にひっかかったとしか思えなかった。

「石木はそうだろう。となると、気になるのは千登勢の心の有り様だ。千登勢も同じように惚れておるのかどうかを知りたい」

隼人も同じ懸念《けねん》を抱いているのだ。

石木は愛《いと》しい千登勢を逃がすために命をかけた。野々山は石木の友として、黙してそれを手伝った。

千登勢が石木にそこまでさせたわけが、恋しい相手とともに過ごしたい一心であったなら、何も言うことはない。そうでなくても、せめて、自分のためにそこまでしてくれた男に、心底から義理を感じているのならば。

狸に罪をかぶせたまま、惣介も隼人もすべて忘れてしまえばよいのだ。しかしながら、もし、千登勢が石木の恋心を、大奥から逃げるための踏み台としたのであれば。もっとあざとく、初手からその狙いで、石木を手玉に取ったのだとすれば——。

いずれ、大奥から抜け出したことを知っている石木を、あるいは野々山さえも、目障りに思う日が来る。そうなれば、また新しい男を上手に工面して、石木を亡き者にせんと企てるかもしれない。何しろ千登勢は、すでに一人殺《あや》めているのだ。

「千登勢が邪《よこしま》な女であっても、今ならばまだ、如何様《いかよう》にも手が打てる」

言葉とは裏腹に、隼人は暗い顔になった。如何様にも、とは方便だ。実のところ、邪と出れば、千登勢を斬る以外に手はなさそうだった。隼人は、めでたしめでたしの千秋楽《せんしゅうらく》を思い描けずにいるのだ。惣介も八分方、暗い予想に傾いていた。

添番詰所でいつも見かけ、ときには話もする石木善之助は、がっしりした体つきで、顎《あご》が割れ、目のぎょろりとした、いかつい顔立ちをしている。

さっぱりしたよく笑う男で、ものを旨そうに食ういい奴だが、女に惚れられる風かと訊かれれば、否と答えざるを得ない。当人の嘆きによれば、縁談がなかなかまとまらない所以《ゆえん》も、見た目の怖さに負うところが大きいらしい。

（蓼《たで》食う虫も好きずきと言うではないか。決まったわけではない）

そう考えながらも、隼人の心配が移って、惣介も急《せ》いた気持ちになった。

「駕籠屋を当たるなどと間怠《まだる》っこいことをせんでも、石木とわかっておるのなら、あとを尾《つ》ければよいではないか」

「そうしたいのはやまやまだが、俺と石木は、非番当番が入れ替わりなのだ。無論、できる範囲で尾けてはみたが、石木の奴、気づいておるかのように、いつも真っ直ぐ家に帰る。さらに厄介なことに、俺は俺で、大鷹にいつどこで見られておるやら知れたものではない。手詰まりになって、あてもなく駕籠師を捜していたという次第さ」

大鷹を千登勢のところに手引きしてしまっては、猫に鰹節《かつおぶし》だ。

家斉の愛妾《あいしょう》、美代《みよ》の方の不行跡の証を捜し出し、それをもとに家斉に隠居を迫ろうと画策している水野和泉守とその家臣の大鷹である。千登勢を捕らえ、是《ぜ》が非《ひ》でも、美代の方の下命により御末のあらしを殺めたと、公に言わせようとするだろう。そのために石木が腹を切ることになっても、気にかけまい。

さらに、千登勢が正真正銘の毒婦《どくふ》ならば、大鷹を通じて和泉守に取引を持ちかけ、石木と美代の方を売り渡して、おのれの身の安寧《あんねい》のみを計ろうとしかねない。

「ならば俺が、明日から石木のあとをついて回ってみよう。おぬしはこのまま、駕籠師を当たればいい。二人でかかれば、じき目処が立つ」

言ってすぐ、同じ言葉を隼人の口から聞いたと気づいた。だが、すでにとき遅し。

「やはり持つべきものは友だ、なあ、惣介」

隼人は、よし、と手を打って、空惚《そらとぼ》けた顔で立ち上がっていた。

「さてと、そろそろ約束の刻限だろう。まずは《美濃屋》の物の怪を退治に行くぞ」

惣介は面白くない気分のまま、隼人のあとについて座敷を出た。

（いいように手玉に取られているとは、俺のことだ）

何だかんだで、いつも首を突っ込んでじたばたする雲行きになる。腹立ち紛れに手にしたままだった青林檎を齧《かじ》ると、緑の飛沫《しぶき》のような果実の匂いが鼻に抜けた。口の中がほろ苦くすっぱくなった。

四

夕刻の示し合わせどおり、麴町の路地には大鷹が来ていた。

徳次母子の長屋から《美濃屋》へ行こうとすれば、必ずこの路地の前を通る。しっかり者の母親が、息子をひとりで危うい場面に向かわせるとは思えない。通るとしたら、母子は一緒のはずだ。

「半刻ほど立っておりましたが、まだ現れません。《美濃屋》のほうは、すべて筋書どおりに整えました」

路地の闇に溶けたまま、大鷹は低いがきびきびした声で言った。

「ならば俺と惣介は新家の中へ先回りしていよう。おぬしは徳次と浅が来たらあとを尾けてくれ」

同じように抑えた声で返して、隼人が早足になった。

すでに無人になった新普請の二階家は、戸口も周囲も雨戸を閉《た》ててあった。当然、灯りはなく、まだ野次馬の姿もない。

さすがに人通りも絶えて、秋を思わせる風だけが足を撫《な》でて過ぎた。隣に建つ《美濃屋》の見世の軒先で白張り提灯《ちょうちん》が揺れている。この道具立てに黒頭巾の老婆では、香乃でなくとも背中が寒くなる。

辺りに目を配りながら、くぐり戸から中に入り、上下の桟《さん》を止めた。打ち合わせに違《たが》わず残してあった手燭《てしょく》を灯《とも》し、雨戸の桟である小ざるがすべて閉まっていることを確かめる。とはいえ、推察どおりなら、徳次はこちらが知らない入口を外から開けて使うはずだ。

香乃の寝間は一階の一番奥の座敷だった。これも予定どおり、惣介たちにわかるよう、紅色の羽織り紐《ひも》で印をつけてあった。

六畳の江戸間で、障子戸側に小さな床の間を誂え、廊下側に一間の押入れをつけた、よくある造りである。隣にもうひとつ座敷があって、襖を外すとひとつづきになる形だった。

「香乃の話では、婆さまが現れるときには襖を開け閉《た》てする音が聞こえるそうだ。だが、廊下で見張った者は婆さまを見ていない」

「とすれば、気になるのは床の間と押入れだな。隣の座敷に潜《ひそ》んで待つのがよかろう」

惣介は黙ってうなずくと、香乃の寝間との間にある襖を八分どおり閉めた。隼人と両側に分かれて襖に張りつき、体を丸くして手燭を消した。家財道具をすべて持ち出した家の中は、天井からずしりと下りてくるような漆黒《しっこく》の闇と真新しい木の香りに充ちていた。

二刻近く待った気がした。が、実際のところは半刻もなかっただろう。

香乃の寝間の押入れの中で、コトリ、コトリと忍んだ音がした。と、思う間もなく押入れの襖が三寸ほど開いて、上の段に黒い影が姿を見せた。

物の怪の出入りの謎が解けた。

香乃の寝間は、この家の裏の壁に面している。その壁の一階の屋根裏をふさぐ表板が、外れるように細工してあるのだ。物の怪役——徳次の母は、表板を外して押し入れの天井へ入り込む。家人が寝静まるのを待って、まず押入れの上棚に下り、それから座敷に現われる仕掛けだ。

暗い中で、押入れの襖が開け閉めされる音を、おびえた香乃は廊下につづく襖の音と勘違いしたのだ。

影はしばらく様子をうかがっていたが、安堵《あんど》したように小さな息を吐いて、畳の上へひらりと下り立った。闇が揺れる。香乃の残り香と混ざり合ってはいたが、影の体からもわずかに紫蘇が匂った。

隼人は見事に気配を殺している。惣介も精一杯、身動きを堪《こら》えたが、その努力ではどうにもならない厄介ごとが出来《しゅったい》していた。

腹の虫が騒ぎ始めたのだ。

思い起こしてみれば、昼間、馬琴の家で鰻を食べたきり、あとは茶を飲んで青林檎を齧っただけである。することの多さに紛れて夕餉を食いはぐれたのがまずかった。

惣介の苦悶《くもん》を知るよしもなく、影は、そのまましばらく耳を澄ました。やがて家の中は無人だと判断したのだろう。大胆になって立ち上がった。顔の輪郭《りんかく》さえ定かではないが、背丈は徳次である。ごそごそと音がして、つづいて火打ち石が鳴った。取っ手がついたごく小さな手提げ行灯が灯った。

鯨油《げいゆ》の臭いが座敷に漂い、徳次の半分開き直ったような顔が、ぼんやりした明りに浮かんだ。すっかり腹を据えた様子で、徳次はすたすたと座敷の真ん中まで進み、慣れた手つきで畳を跳ね上げ床板を外した。

行灯の光と徳次の姿が床下に消え、座敷はまた暗くなった。膝が地面をこすって進む気配のあと、「やっぱし置いたままだ」とつぶやくのが聞こえた。じきに、ずるずると箱状の物を引きずる音がして、行灯がまず畳の上に出た。それから、土に汚れた挟み箱が重たげに持ち上げられた。最後に、徳次の顔が床下から現れた刹那《せつな》、とうとう、惣介の腹の虫がぐーっと大きな音を立てた。

徳次の動きがぴたりと止まった。くるくると顔だけ左右に振って周囲をうかがっている。隼人がちらりと惣介を睨んだきり、動き出す間合を計り出した。惣介は、腹ごと身を縮めて、わずかなすき間からじっと徳次を見つめていた。

「おっかあかい。入ってきたのかい」

徳次はしばらくためらったあと、か細い声で押入れに向かって呼びかけた。無論、返事はない。途方に暮れてその場に固まるやにみえた次の瞬間、徳次は、いきなりおびえた獣のように飛び上がって、押入れに逃げ込もうとした。

隼人が勢いよく襖を開けて飛び出した。そのまま上棚に体半分入りかけた徳次の足を払う。頭を打ちつける鈍い音がした。

「あ、痛《いて》ぇ。だ、誰でぇ」

徳次の情けない声には答えず、隼人がその胸ぐらをつかんで体を畳の上に押さえつける。

「すんません。すんません。ぬ、盗むとか、そんなつもりじゃぁなかったんだ。あいつら、隠したまま取りに来ねぇようだし、ちょいと借りたら、ど、どうかなあと思ったまでで……命だけはお助けを」

隼人が手を放しても、徳次は両手で頭を抱えたまま、体を丸めて震えていた。

(やはり徳次は、日寂の一味とは何の関わりもない)

それどころか、このひと芝居さえ自分で考えついたとは思えなかった。大鷹が浅の肩を押して座敷に入ってきた。

徳次とは真反対に、浅は落ち着いていた。座敷の様子にひとわたり目をやると、惣介と隼人にひと睨みずつくれて、徳次の傍《かたわ》らに、倅をかばうようにしてしゃっきりと膝を揃える。

「お三方とも町方の旦那じゃござんせんね。倅は自分の建てたばっかしの家が空き家になっちまったのを案じて、ちょいと様子を見に来ただけなんです。で、あたしは、倅の帰りが遅いんで迎えに来たまでのこと。何だって、こうやってお武家さんに取り囲まれなきゃいけないのか、とんと合点《がてん》がいきませんねぇ」

空きっ腹にこたえる、いけしゃあしゃあとした口上だ。隣で隼人が、笑いを嚙《か》み殺して袂《たもと》に両腕を差し入れた。大鷹だけが、ひやりとするほど冷たい眼差《まなざ》しで浅を見つめている。

「徳次、しゃんとしな。帰らしてもらおう。こう夜更《ふ》かしをしちまっちゃあ、明日の仕事にも差しつかえが出るよ。それに、お前。明後日《あさって》の井戸替えじゃあ、先頭に立って縄を引かなきゃならないんだしね」

徳次は震えながらも、母親の背中に隠れるようにして起き上がった。が、目はおどおどと惣介たちの顔色をうかがっていた。それを浅が無理やり立ち上がらせようとするのを、大鷹が一歩前に出て止めた。

「座っておれ、徳次。空き家とはいえ他人様の家だ。忍び入って、床下から挟み箱を運び出した。それだけで、すでに盗っ人の罪は免れん」

大鷹の鋭い声で、徳次は蒼白《そうはく》になってぺしゃりと座り込んだ。が、浅は引き下がらなかった。

「盗っ人だの罪だの、大仰《おおぎょう》なことをお言いだ。その箱は、普請に来ていたときに、倅が忘れたもんですよ。黙って家に入ったのは悪うございました。そのことは、あたしから美濃屋さんにお詫びします。それで気に入らなきゃあ、自身番から人を呼んで下さいまし」

辻褄《つじつま》が合っているかどうかなど気にする様子もなく、浅は強弁した。

「徳次。母御《ははご》の言うことに相違ないか。誤りを正すなら今のうちだぞ」

腰を落として箱の蓋《ふた》を開けた隼人が、眉をひそめて徳次を見た。表情から、さっきまでのゆとりが消えていた。

「どうなのだ。この箱はまことにお前の持ち物か」

声音は穏やかだが、目が怖いほど真剣になっている。その隼人の背中越しに、箱の中を覗き込んで、惣介は声をあげそうになった。

武家の女たちの持ち物と思われる櫛《くし》、簪《かんざし》、笄《こうがい》が無造作に放り込んである。が、それだけではなかった。その間に混じった螺鈿《らでん》細工の文箱《ふばこ》、蒔絵《まきえ》の鏡、雛《ひな》道具、仏具などに、葵《あおい》の御紋が入っている。すなわち、これらの道具類は大奥から出たものということだ。

大奥の女たちが道具を持ち出して、日寂の一味に渡していた。五木田《ごきた》の姉、七葉《なのは》の『大奥は難しいことになっております』というささやきは、この事態を指していたに違いない。

日寂と最初につながりを持ったのが、下総中山《なかやま》の寺を実家とする美代の方なのか、他の上級女中なのかはわからない。とはいえ、側室たちは妊《みご》もることを願い、産んだ子を失うことを恐れる。『日寂師の鬼子母神像』は心の拠《よ》り所として歓迎されただろう。

そして、力を持つ側室が勧めれば、それは大奥で居心地よく暮らすための重要な品目になる。つき合いで鬼子母神像を購《あがな》うための三十両。その金を工面《くめん》できず、かといって買いませんとも言いづらい。切羽《せっぱ》つまり思い余って、大奥の品をこっそりと持ち出し、鬼子母神像と交換する。そのようにして、泣く泣く盗みに手を染めた奥女中が幾人もいることを、挾み箱の中味が語っていた。

いくら何でも、盗んだ品を五菜《ごさい》――外使いの下男――に届けさせたりはしていまい。厳重に封をしたものを、日寂の使いが七つ口で直接受け取って、交換に鬼子母神像を置いていったはずだ。像とともに手元に残ったのは、盗みがいつ露見するかとおびえ、心を痛める毎日だ。

（ただでさえ、いくつものことを堪え忍んでいる女たちではないか。どんな理があって、血涙《けつるい》を吸うダニのような真似をする）

惣介が日寂とその背後にある何者かへの深い怒りに心を奪われている間に、隼人は徳次の真ん前で膝をついてその肩を揺すっていた。

「箱の中身が何か、ほんとうは知らんのだろう。素人大工の二人が怪しい箱を隠したのを見かけた。気になったから、持ち出してお上に届けようとした――そうだな。そうだと言え」

焦れたように言葉を継ぐ隼人の苦衷《くちゆう》はよくわかった。

表沙汰《ざた》になれば処罰を受ける奥女中が出る不祥事《ふしようじ》である。そして、大奥が今の形に出来上がって以来、中で法度《はつと》破りが起きたとき町人が絡んでいれば、その町人は必ず命を失ってきた。

それを隼人は――徳次と浅は、怪しい箱を見つけて、お上に届けようとした無辜《むこ》の者――と収めて、どうにか二人を助けようとしているのだ。

たとえここで、惣介たちがすべてを不問に付して箱を持ち去っても、浅の態度が今のままで、徳次がそれに引きずられているようでは、いつなんどき、どんな不用意な形で、箱のことをしゃべりだしてしまうか知れたものではない。

「しっかりせい、徳次。このままでは母子ともに首が飛ぶのだぞ」

いくら隼人が躍起になっても、口に出せない思いや事情が伝わるはずもない。徳次は射《い》すくめられたようになってぱくぱくと口を動かしただけで、母親の様子をうかがってただうつむいた。

「徳次。余計なことをしゃべるんじゃないよ。こいつらも、どうせ、あの箱を狙ってるんだ」

浅がさらに言い募ろうとしたとき、大鷹が舌打ちとともに鯉口《こいぐち》を切った。

「歯痒《はがゆ》い。愚かな母親もそれを諌《いさ》めることすらできない倅も、無理を押して救ってやる値打ちがありましょうか」

言い捨てざまに、すらりと太刀を抜く。言葉は隼人に、剣の切っ先は徳次の首元に向けられていた。徳次は目をひん剝いたままその場に固まった。浅は息子の前に立ちはだかろうとして果たせずに、とんと尻餅《しりもち》をついた。

惣介が間に入ろうとするのを押し止め、隼人がゆっくりと立ち上がった。

「値打ち……救われるために値打ちが必要か」

つぶやくような物言いではあったが、隼人の眼差しはまっすぐに大鷹を見据えていた。大鷹の表情にかすかな迷いが走る。まるでそれに気づいたかのように、次の瞬間、徳次が叫び出した。

「あっしじゃねえ。お、おっかあが、なんもかも仕組んだんです」

「徳次、お前……」

愕然《がくぜん》として絞り出すような浅の声にも、徳次は黙らなかった。視線を宙に泳がせたまま、破れた袋の如く、言葉をこぼしつづけている。

「あっしが、あの二人が、こそこそと色んな物を床下に隠してた話をしたら、何で《美濃屋》の引っ越しが済む前に持ってこなかったんだって、怒って。売りさばけば、おっかあの実家《さと》のお店を立て直す元手になるって。美濃屋さんを追い出すために、ひと狂言やってやるって。あっしは大工の仕事が気に入ってるし、せっかく普請した家を化け物屋敷にしちまうようなことは、本当は嫌《や》だったんです。それをおっかあが――」

「この親不孝者《もん》が。ああ、口惜《くや》しい。ろくすっぽ親の気持ちも知りやしないで。お前なんざ、産むんじゃなかった。ええい、お黙りったら、お黙り」

叫びざま、浅が徳次に打ってかかった。徳次は両手で頭をかばうと、足を尻の下に敷いて、甲羅《こうら》にすっ込んだ亀のように畳に伏せた。それでも浅は、徳次を殴りつづけた。しみの浮いた拳が背中や肩に当たってぼこぼこと音を立てる。

大鷹はしばしその様子を眺めていたが、じきに呆《あき》れたようなため息をついて剣を収めた。そのまま歩を進めて挟み箱の中を覗く。驚いた風もなかったのは、予期した物を見たからだろう。

「これはわざとこの家に捨て置かれたのやもしれませんね。この親子に盗ませ、市中に出回ることを企図して……」

大鷹の声がふっと途切れた。賢い目が、らしくもなく虚空《こくう》をさまよっている。

「充分あり得る話だ」

隼人が大鷹の真意を探る顔で黙しているから、惣介が取りなし代わりに相づちを打った。

日寂の一党は、幕府の威光が地に堕《お》ちることを、何よりの好餌《こうじ》としているらしい。

古道具屋に葵の御紋が並ぶ光景は、是非、目にしたかったに違いない。

大鷹が言葉を失ったのは、その景色を思い浮かべたからかもしれない。主《あるじ》、水野和泉守と自分が、老中の座などという小事にかかずらっている隙《ひま》に、徳川の威信は危うくなり、天下の泰平は揺らいでいた。それを痛感したのだ。

「挟み箱は片桐殿が持ち出されるのがよろしいでしょう。そろそろ野次馬が集まり出す。急いだほうがよい。それがしも、これで引き揚げます」

惣介たちの答えも待たずに身を翻《ひるがえ》しかけて、大鷹はもう一度、振り返った。

「《美濃屋》への説《と》き聞かせと、たわけた親子の始末は、鮎川殿がして下さる。そうですよね」

瞳に光が戻り、きれいな歯並びがちらりとのぞいている。

「後片づけも料理のうちだ。任せておけ」

「では頼んだぞ。俺は茶飯《ちゃめし》売りの屋台でもつかまえて食って帰る」

返答は笑いを含んだ声で隼人から返ってきた。聞いた途端に腹の虫が騒ぎ出した。あんかけ豆腐を菜に茶飯を一膳。ちょうどいい夜食ではないか。煎《い》った煎茶で炊いた飯の匂い。とろりと豆腐にかかった醬油《しょうゆ》味の葛粉《くずこ》あんの香り。それらがありありと鼻先をかすめて通った気がした。

「おい、ちょっと待て。茶飯を食うなら俺も行くぞ」

呼び止めも効なく、隼人も大鷹もつれなく裏口を出ていった。見返れば、いつの間に喧嘩を終えたのか、よく似た顔の母子が膝を並べてしょんぼりと座り込んでいる。事の重さがようやく身に沁《し》みたようだ。

惣介は床板をはめ直し畳を元に戻すと、徳次に声をかけた。

「長屋に戻る。母を負ぶうてやれ。お前が思うておるより、頼りなく軽いに違いないぞ」

倅が差し出した背中へ、たわいなく寄りかかった浅のやつれた顔を見て、惣介は喉まで出かかった言葉を呑み込んだ——そなたのかなわぬ望みを倅に背負わせるな。倅は倅、母は母。別の一期《いちご》だぞ。

（今、俺が言うてもせんない。浅がおのれで気づいてくれればよいが）

そうであって欲しかった。

五

翌日、文月六日の夕刻から、惣介は石木の隠れお供となった。

願いごとを書いた赤や黄色の短冊、紙で作った盃《さかずき》、瓢箪《ひょうたん》、西瓜、金魚、算盤《そろばん》、大《だい》福帳《ふくちょう》に吹き流し。町家の屋根ごとに飾りをつけた七夕の笹が、夕焼けの空になびく。風を愛《め》で星を愛で、さやぐ笹竹に秋の風を見るこの行事が、惣介は好きだった。暑さがいち段落して、旨いものが次々と旬を迎える季節がやって来るのだ。

楽しいのはいいが、今日ばかりは、飾りに魅入《みい》っていてはあとは尾けられない。惣介は、ついつい上を向きそうになる眼を、じっと前に凝《こ》らして、大きな背中を追いつづけた。

にもかかわらずである。汗をかきかきやって来た下谷広小路《したやひろこうじ》の人波で、とうとう石木を見失った。きょろきょろしては、ずいぶん離れてしまった相手を見つけて足を早める。そんなことを三度繰り返した挙句であった。

(俺は料理以外は、何もまともにできんのか)

つくづくおのれに嫌気がさしていた。気落ちすると、一日の疲れがどんと込み上げてきて、立っているのも嫌になる。惣介は足を引きずって、寛永寺《かんえいじ》の門前近く、不忍池に面した麦湯屋の前までたどりついた。

麦湯屋は、夕涼みの頃の風物である。日暮れを待って、町ごとに五、六軒は現れる。たいていが、道に涼《すず》み台を四つ、五つ置き、麦湯と書いた行灯を灯して客を寄せる形だ。

　夕涼み客が目当てだから、昨夜《ゆうべ》、惣介が食いっぱぐれた茶飯の屋台と同じように、木戸が閉まったあとも、九つ（午前零時頃）近くまでやっていたりする。茶飯の屋台と違うのは、湯汲《ゆく》みを若い看板娘にやらせているところだ。

　綺麗《きれい》どころを見て喜んでいられる気分ではなかったが、ただ座れることがありがたく、惣介は、往来に並んだ縁台に重い腰をあずけた。

「お武家様、いらしゃいまし。今日は、ちょいと風もひんやりして、いい宵《よい》になりそうでございますねえ」

　低くて柔らかい耳心地のいい声にも、うつむいたまま生返事をして、惣介は、品書きから葛湯《くずゆ》を選んで注文を済ませた。

　ため息とともに膝をさすり、がっかりした頭であらためて考え直してみれば、つまらないお節介を焼いている気もしてくる。あのような形でもなければ、千登勢は生涯、大奥から出られなかっただろう。子を産むことも、出世を目指すこともできず、ただただ飼い殺しのごとき日々を送るだけだ。

　それが、美代の方への忠義のためにしでかした御末殺しの罰ならば、主君の命で人を斬った隼人や大鷹にも何らかの処罰が下って然《しか》るべきだろう。

長局の軒から軒へと張り渡された金網。女たちの様々な思いが澱《よど》む廊下。そこで朽ちていく若さ。それを見かねた添番がいた。

そう解釈して忘れてしまっていいようにも思えてくる。千登勢の居場所を突き止め、その性根を暴いたとして、石木を哀しませるだけではないか。

隼人は融通が利かないから、人の心をおのれに都合よく操《あやつ》る者は許せない、と思っている。だが、はかない徒情《あだなさ》けに身を焦がしたり、及ばぬ鯉の滝登りを演じてみたり、太く短く散る道も浮き世にはある。石木がそれを望むなら、誰が止められようか。

千登勢が石木に惚れるわけがないと独り決めしたまま、惣介は運ばれてきた葛湯にうわの空で口をつけた。と、思いもよらず、ふわりと抹茶の香りが口中《こうちゅう》に広がって、惣介は我知らずあっと声を上げた。

固すぎず緩《ゆる》すぎずちょうどよい加減に溶いた葛湯の中に抹茶を混ぜ、微《かす》かな苦みで後味《あとあじ》をさっぱりと仕上げてある。わずかな抹茶を加えただけで、青竹色の見た目も涼やかに、椀《わん》の中に秋めく風情が醸《かも》し出されているのだ。

(なかなかどうして、大した工夫ではないか)

麦湯なら砂糖入りでも四文のところを、十二文の葛湯を奮発した。が、それは、小さな散財でしょげた気持ちを慰めるためであって、こんな出来栄《できば》えのものが味わえるとは当て込んでいなかった。

「何か無調法《ぶちようほう》がございましたか。お味がお気に召さないようでしたら、お椀《わん》を取り換えますけれど」

顔は見ていないが、さっき注文を訊いていった女の声だった。

「そうではない。たいそう旨いので驚いただけだ。要らぬ心配をかけた」

しゃべりながら顔を上げて、全身が固まった。

一重瞼《まぶた》で切れ長で、鮎《あゆ》の如く形の良い目。その中で生き生きと輝く大きな黒い瞳が、ゆっくりと揺れながら惣介を見つめている。

肌理《きめ》の細かいつるりとした肌と、顎《あご》の尖《とが》った卵形の輪郭。真っ直ぐに通った鼻筋に、やや大きめの、ふっくらと柔らかそうな桃色の唇。そこからのぞいた小さな真珠色の歯。

華奢な肩、姿好く整った胸元に、形好く張った腰。葡萄《ぶどう》色の鼻緒《はなお》をちょんと突っ掛けた、すんなりと白い足先。その爪先の黒子《ほくろ》。

十九か二十歳か。絹糸のように艶《つや》やかな黒髪を小さな髷《まげ》にまとめ、銀鼠《ぎんねず》色の弁慶《べんけい》縞《じま》の単衣に蛍《ほたる》の柄《がら》の前掛けをつけた姿は、歳のわりに地味だ。それでも目の前にいるのは、何一つ文句のつけようがないほど眉目麗《みめうるわ》しい娘であった。

「抹茶の葛湯はあたしが考えたんですよ」

おそらく当人にはそんな胸算用はないのだろう。が、瞳がわずかに揺れるたびに、口元が少し形を変えるごとに、清潔な色香が匂い立ち、見る側の心の琴線《きんせん》を弄《もてあそ》ぶようにかき鳴らして過ぎる。

「妙なことを訊いて済まぬが、そなた、名は何と申す」

訊くつもりもないままに、ついそう訊ねていた。

娘は首を傾げしばらく逡巡《しゅんじゅん》していたが、やがて心を決めたようにあでやかに微笑《ほほえ》んだ。

「あらしと申します。抹茶の葛湯、褒めて下すって嬉しゅうございました」

それだけしゃべると、娘は他の客に呼ばれて離れていった。惣介は呆然《ぼうぜん》とその後ろ姿を見送っていた。

(馬鹿馬鹿しい。麦湯屋の看板娘が、死んだ御末と同じ源氏名を使っているだけだ)

夢魔《むま》にでも襲われたかのように、世間がふわふわと振れ動く。

とにかく、今日はもう仕舞いにしよう。残りは明日考えればよいことだ。惣介は自分にそう言い聞かせて、空にした椀の横に代金を置くと、よたよたと来た道を戻り始めた。

陽が沈んで、通りは黄昏《たそがれ》始めている。石木のことはすっかり忘れていた。

けれども、自分で思い定めた甲斐《かい》もなく、惣介の今日はまだ終わってはくれなかった。和泉橋《いずみばし》までたどり着いたところで、堤のほうから橋を越えてきた隼人に出くわしたのだ。

「神田川《かんだがわ》より向こうの腕のいい駕籠師は、隠居まで皆、当たり終えた。次は下谷だ。おぬしの首尾はどうだ。石木はやはり家に帰ったのか」

尾けるのにしくじったとは白状したくなかったが、嘘をついて誤魔化《ごまか》すのも気がひけた。

「不覚にも見失った。石木の足がやたらと速いのでな」

「石木が速いのではない。おぬしが遅いのだ」

「俺とて、繁華な下谷広小路で、粉骨砕身《ふんこつさいしん》したのだぞ。そう詰《なじ》らんでもよさそうなものだ」

あからさまに呆れ顔をされる謂《い》われはないのである。

「それになあ。拾いものもあった。不忍池の傍の麦湯屋で、とびきりの美女を見つけたのだ。それがまた不思議な縁《えにし》で、あらしという名で——」

途端に、隼人が問い詰める口調になった。

「年の頃はどのくらいだ。背丈はどのくらいだ。どんな顔をしておった」

「いかんな、隼人。八重殿が泣くぞ」

気分よく叱って溜飲《りゅういん》を下げてから、二人目のあらしの姿形を半分ほど聞かせたところで、隼人が声を荒《あら》らげた。

「それが千登勢だ。惣介、腹が減っておるのか。千登勢はとびきりの美人だと言うただろう。石木の消えた方角で、きれいな女があらしと名乗ったのだぞ。なにゆえ、すぐに結びつけて考えなんだ」

言われてみれば、まったくそのとおりである。

隼人は周囲を素早く見渡し大鷹の姿がないことを確かめてから、下谷の方角に走り出した。

(俺は神でも仏でもないぞ。そうそういつも、ころころと知恵が回るものか)

惣介は口には出せなかった抗弁を腹の中でうなりながら、今来た道をどたばたと駆け戻り始めた。隼人はすでに、遥《はる》か前方を走っている。

結局、惣介は、そして隼人も、麦湯屋までは戻りつけなかった。その少し手前で、石木善之助に留められたのである。

惣介が追いついたときには、隼人と石木は寛永寺門前の立木に隠れる位置で、声をひそめて押し問答をしていた。通りを挟んで斜め向かいの見世では、千登勢が愛想よく立ち働いている。薄暮《はくぼ》に紛れた石木と隼人の姿には、気づいていない。

「鮎川殿まで引っ張り込んで、どういうつもりです。もともと天から舞い降りたごとき女に酔うて、腹を切る覚悟でしでかしたことだ。先に何が待ち構えていようと驚きはしない。俺のことは放っておいてくれればよいのです」

ぜいぜいと喘《あえ》ぐ惣介を見て、石木の鬼瓦《おにがわら》のような顔が、一段と赤味を増した。

言わぬことではない。浮き世には、石頭の隼人にはわからん男心の機微もあるのだ——そう喝破《かっぱ》してやりたいのはやまやまだが、何しろ、息をするだけで手一杯である。

（いいぞ、石木。もっと言うてやれ）

胸のうちで陣太鼓《じんだいこ》を打ち鳴らして、惣介は眼前の松の木にもたれ込んだ。

「余計なお世話は重々承知だ。だがなあ、石木。しつこいようだが、下手をすればおぬしの命にも関わることではないか。互いに惚れ合っていると言うなら、それでよいのだ。俺は黙してすべて忘れる。惣介も同じだ。しかし――」

「そんなはずはない、そうおっしゃりたいのですね」

石木にぴしゃりと決めつけられて、隼人がぐっと黙り込んだ。

女に見惚《みと》れられても一向に気づかない隼人には、石木の思いはわかるまい。千登勢の美しさに魅せられない隼人には、石木の熱は量《はか》れまい。

（だが石木も石木で……）

惣介が、肩で息をしながら考えている間に、石木は仁王立ちでしゃべり始めた。ひそめた声に力が籠もっている。

「俺は逃げるのに手を貸した。九尺二間を用意した。千登勢はそれを恩に着ておるだけでしょう。いや、恩義も何もない。ただ便利に働いてくれたと、ほくそ笑んでいるのやもしれん。だが、俺はそれでかまわんのです。天女と見まがう美しい娘を、屋根に金網を張り巡らした女の牢獄《ろうごく》から抜け出させてやれた。それで充分だ」

「訊いてみたのか」

ようやく息を整えて、惣介は松の木から離れた。

「へっ」

石木がぽかんとした顔で、惣介のほうを振り向いた。

「千登勢がおぬしをどう思うておるか、訊いてみたのか」

「訊きませんよ。訊かずともわかる。片桐殿の考えどおりだ。俺に頼るつもりがないから、勝手に麦湯屋で稼ぎ始めたのでしょう。当たり前だ。天女が俺に惚れるわけがない。それでもよい。俺は天女に惚れた。その天女が夜叉《やしゃ》となって、命をくれろと言うなら、この命、ぽいと投げ出してくれてやる」

石木は胸を張って、心地よげにうそぶいた。

「たわけが。どうせそんなことだろうと思うた」

惣介は、石木の満悦顔を睨んで叱りとばした。

「千登勢は生身の女だぞ。いずれ髪にも霜が降る。頬もたるむ。皺《しわ》も出る。天女よ、美女よ、とあがめられては心穏やかに歳もとれまい。相手の心根を知ろうともせず、眉目だけを愛でる軽々しい気分で、惚れたの、命がけのと、寝惚《ねとぼ》けたことを口にするな」

今度は隼人が振り返った。惣介は知らぬ顔のまま言葉を継いだ。

「親でさえ千登勢は死んだと思うておる。弔《とむら》いも済んだろう。おぬしの言うとおり、さえぎるもののない空を見上げられる幸いは手に入れた。だが、それと引き替えに、千登勢は生きながらにして幽霊になった。おぬしが信じ、思いを聞いてやり、見守りつづけてやらんで、いったい誰が支えになるのだ」

石木が仰天した顔になって唇を噛んだ。隼人の目が丸くなった。愚かな倅を二人並べて説教を食らわした隠居みたいに、いい心持ちである。

（さんざっぱら汗をかいて、隼人にもこづき回された。が、これでようよう釣りが来た）

清々した思いで麦湯屋に目をやって、惣介は肝を潰した。行灯の灯が一段とくっきりし始めた見世先に、大鷹源吾の姿があったのだ。

「隼人、大鷹だ。来たばかりのようだが。くそ、いつの間に尾《つ》けられたのか」

駆け出そうとした惣介を、隼人が引き止めた。

「落ち着け。大鷹は千登勢の顔を知らん。こちらが泡《あわ》を食えば、奴の思う壺ではないか。どうせあれこれ耳に仕入れておるだろうが、千登勢が自分を千登勢と認めぬ限り、あ奴の目論見《もくろみ》は前には進まん」

隼人の言うとおりであってもらいたかった。だが、大鷹は腹の空いた惣介ではない。千登勢があらしと名乗るのを聞けば、あちらの糸こちらの糸とたぐり寄せて、すべて察してしまうに違いない。

「千登勢は、俺が顔を出せば動揺するだろう。石木が行けばうっかり、いらぬことを口にするやもしれん。だから惣介、おぬしが行け。できれば大鷹と千登勢が言葉を交わす前に、奴を麦湯屋から連れ出してくれ」

事態が呑み込めないままの石木の心配顔と、隼人の笑顔に送られて、惣介はすっかり暮れて賑《にぎ》わいを増した通りを渡った。大鷹は一番端の腰掛け台に座っている。

「こんなところで出会うとは奇遇だな。夕涼みか」

惣介は、いつ如何なるときにも便利至極な狸の笑顔で、大鷹に声をかけた。

「ああ、驚いた。それがしこそ、このような場所でお会いするとは、思いもよりませんでした。不思議ですね」

ちっとも驚いていない顔で、大鷹がにこりと笑った。

（どこまで承知か知らんが、よくまあ、こうもしれっと何食わぬ顔ができたものだ。若造のくせに、とんでもない奴だ）

腹の中でしかめっ面をして、惣介は大鷹を連れ出す方便を思案した。千登勢が注文を取りに来る前に何とか……と、思う間もなく、千登勢が盆に椀を載せて現れた。

「おや、さっきのお武家様。大鷹様とお知り合いでございましたか」

美女の笑みに、肝が冷えた。

よく考えれば、大鷹が今日、初めてこの見世に来たと決める理由は、何もなかったのだ。

大鷹はちょくちょく隼人を尾け回していた。そのいずれかのときに、隼人が石木を尾けているのに気づいたのだろう。それで今度は、石木を見張った。石木は隼人のことは気にしていたかもしれないが、大鷹を用心してはいない。易々とこの見世を悟らせてしまったはずだ。

「大鷹様、いつもの小豆《あずき》湯でございますよ。お武家様にも、何かお持ちいたしましょうか」

とうとう肝が凍った。常連になるほど通い詰めていたとは、考えもしていなかった。

――千登勢が正真正銘の毒婦ならば、大鷹を通じて和泉守に取引を持ちかけ、おのれの身の安寧のみを計ろうとしかねない――

隼人から、石木が千登勢を大奥から逃がしたと聞かされたときに、そう推量したことが思い出される。すでに、ことは、その方角に向けて動き始めているのか。

「いや、俺はいい。それより大鷹殿――」

見世を出て漫歩《まんぽ》でもせぬか、と誘いかけた惣介をさえぎって、大鷹が千登勢に話しかけた。

「あらし、この方は、わたしが懇意にしていただいている鮎川殿だ。この見世で顔を合わせたのも縁《えにし》だと思うたから、そなたとの関わりを話したのさ」

「おや、そうでございましたか」

あんぐりと口を開けた惣介を、怪訝《けげん》な顔で見て、千登勢は話をつづけた。

「あたしと、大鷹様がほの字のお方がよく似てるって、あれでございますね」

「これほど美しくはありませんが、いじらしいほど気持ちの真っ直ぐな面白い娘なのです」

大鷹が惣介に向かって語り、千登勢は優しい目をして小さくかぶりを振った。

「眉目など、日々のうつろいとともに褪《あ》せてしまいますから。心根が何よりでございます。大鷹様ならばきっと、そのお方と末永くお幸せになれます」

「嬉しいことを言うてくれる。そういえば訊いてなかったな。そなたはどうなのだ。惚れた相手はおらんのか」

大鷹に問われて、千登勢が寂しげな伏し目になった。

「好きなお方はいるんです。厳《いか》めしいお顔をしているけれど、それはそれは気持ちの優しいお方なんですよ。でも、あたしなんかに惚れられてはご迷惑でしょうから。

それにあたしには幸せな思いをする値打ちなぞありゃしません」

千登勢の顔を苦悩の色がおおった。

何のために大奥を逃げてきたのだ。浮き世の幸に遠慮なく手を伸ばせばよいではないか――思わずそう口走りそうになって、惣介はあわてて声を呑んだ。その間に千登勢は元の笑みを取り戻してひょいと会釈《えしゃく》すると、他の客のところへと、用を訊きに離れていった。

千登勢は大鷹の正体をまるで知らないまま、馴染《なじ》みの客として話をしているだけなのだ。

(となると、この若造、いったい何を考えておる)

気づけば、大鷹源吾は、赤くなったり青くなったりしている惣介を、面白そうにただ眺めているのだった。

大鷹と二人並んで見世から通りに出ると、遅ればせながら、つくづくと腹が立ってきた。

「おぬしの舌先三寸には呆れ返る。引き合わせてやるから、曲亭馬琴に弟子入りしたらどうだ。売れっ子の読本《よみほん》書きになれるやもしれんぞ」

「それはよい。お願いしましょうか」

むっとした惣介を尻目に、大鷹はくすくすと笑った。

「そういえば、あの娘の、あらしという名は、親にもらったものではないそうですよ。『命をかけても返せぬ借りのあるお人の名です』と話してくれました。無事、義理を果たすまで決して忘れないように、あらしと名乗っているのだとか。読本の良い材料になると思われませんか」

好きなように振り回されている。怒る元気もなくなっていた。

「それで、いったいどうする魂胆《こんたん》だ」

「何のことでしょう。今宵《こよい》は殿に命ぜられて、鮎川殿と片桐殿に我が藩邸で一献《いっこん》差し上げようと、お誘いに参ったのです。お二人ともお揃いでちょうど良かった」

以前に一度だけ、水野和泉守、大鷹源吾主従の本丸、浜松《はままつ》藩邸で夕餉を振る舞われたことがある。鯵《あじ》の焼き物に茄子《なす》の味噌煮、茗荷茸《みょうがだけ》のすまし汁に麦飯。手間をかけ美味に仕上げてはあったが、大名とも思われない粗末な食事だった。

「おぬしのところは、料理人の腕は大したものだが、食材と献立《こんだて》がどうにも粗末だ。俺に一品作らせてくれるなら、行ってもよいぞ。隼人がどう言うかわからんが」

小暗《おぐら》い木立の中に、その隼人の姿がぼんやりと見えた。石木を先に帰らせたらしく、一人でこちらを向いて立っている。

（このとてつもない不首尾を聞いたら、どんな顔をするだろう）

散々もみくちゃにされた肝が、しくしくと痛む気がした。

六

大名の料理間《りょうりま》とはとても思えない質素な台所に立って、惣介は少々、途方に暮れていた。藩のお抱え料理人たちはすでに引き揚げて、竈《かまど》の前には惣介ひとりである。

ここに来る前、座敷で見てきた酒の膳には、香の物の皿と茹《ゆ》でた莢隠元《さやいんげん》に塩を添えたものが載っていた。

手元にあるのは、豆腐——料理人が冷奴《ひややっこ》にしようとしていたのを止めて、そのまま置いてもらったものだ。それはとりあえず和紙にくるんで、平らに広げた灰の上に晒《さら》しと和紙を重ねたところへ載せ、水切りがしてある。他は乏しいながらもひと通り揃った調味料と道具。あとは竈の火ばかりである。

（交趾《こうち》田楽でも作るか。あれならば、味噌の下ごしらえをしている間に豆腐の水切りが済む）

豆腐百珍《ひゃくちん》目録の七十八番。妙品の部にある田楽だ。惣介は両手を揉《も》み合わせて、唐辛子味噌作りにかかった。

種を丁寧に除いてみじんに刻んだ唐辛子を、胡麻《ごま》の油を垂らした鍋で焦がさぬように炒《いた》め、砂糖、味噌、味醂《みりん》の順にだんだんと加えていって、つやが出るまで練ってやる。

城の御膳所ならば、甘みの強い上物の江戸味噌を使うところだ。が、この台所には、辛口で値の安い仙台味噌しかなかったから、味醂を多めに入れた。

（江戸味噌さえ使わない節約ぶりでは、なるほど上様の奢侈《しゃし》が気に入らんのももっともだ）

惣介は、水切りを終えた豆腐を頃合の大きさに切り分けながら考えていた。

だが、もし、和泉守が、老中になって江戸市中をこの台所のようにうら寂しく地味な場所に変えようと目論んでいるなら、きっと失敗に終わるだろう。おのれでそうと決めて始めたのならともかく、他から押しつけられた極端な倹約は人を投げやりにし荒《すさ》ませる。

（老中になるまでに、それに気がつけるかどうか）

水野和泉守の勝負どころはそこだという気がした。

四つに切り分け、きっかり真ん中に串を刺し終えた豆腐は、醬油をかけて軽く炙り、胡麻の油をつけて焼き、上面に唐辛子味噌を塗って焦げ目のつくまで焼き上げる。

台所に香ばしい匂いが広がって、惣介の気持ちをそっとほどいてくれた。

「胡麻の香りと練った味噌の甘さのあとから、唐辛子の辛みが利いてくる。酒によう合う田楽だ。焼き加減もちょうど良い」

相変わらず華奢で目つきの鋭い二十八歳の寺社奉行は、褒めながらも、喜ぶことをおのれに禁じるように、薄い唇を引き締めた。傍らで嬉しげに田楽を頰張っている大鷹源吾とは、ずいぶん違う。

「お気に召しまして、光栄至極に存じます」

言って辞儀をしたあとで、ふっと訊いてみたくなった。

――なにゆえ、楽しむことを、そうも恐れるのです。

それでも和泉守は、毒味もなしに惣介の田楽を食べた。前回この座敷に座ったときとは、ずいぶん空気が変わっている。

藩邸の中はしんと静まり返っていた。簡素な座敷にひと筋、秋の風が流れて蚊遣《かやり》の煙を揺らした。

惣介のいない間、どんな話をしてつないでいたのか。隼人は惣介の隣で表情を殺してかしこまったまま、唐津《からつ》焼の盃を嘗《な》めていた。その様子をしばらく眺め、惣介の少々せり出した腹に視線を移したあと、和泉守は口調を変えた。

「その方らは、余がこの唐辛子の如くぴりぴりと先を急いで、老中の座を狙っておると思うている。そうであろう」

滅相もないと返事をしかけてやめた。確かにそう感じているのだ。白々しく否定しても仕様がない。

「それは、なにゆえとお訊ねしてもかまわぬ、との思し召しでしょうか」

隼人の声であった。惣介は仰天して友を見た。

和泉守の言ったことを、そのとおりと認めた上で、さらに一歩踏み出している。酔っている風ではない。慎重な男が、相手を甘く見たとも思われない。

(訊ねて欲しがっている。そう判断したということか)

惣介は息を吞んで、和泉守の表情をうかがった。万が一、無礼を咎《とが》められるようなら、どんなことをしてでも取りなして隼人を守らねばならない。だが、狼狽《ろうばい》は杞《き》憂《ゆう》に終わった。和泉守が天井を仰いで、からからと笑ったのだ。

「片桐、御家人など辞して、余の家臣になる気はないか」

「ありがたきお言葉。よう思案いたします」

「ふむ。どうせ上様が許しては下さらぬだろうがなあ。良い家臣は何ものにも代え難い宝ゆえ」

横長の三白眼《さんぱくがん》をわずかに和ませて、和泉守は大鷹を見返った。

「源吾、精霊会《しょうりょうえ》が近い。二本松《にほんまつ》のこと、今年も滞《とどこお》りなく頼んだぞ」

「御意《ぎょい》」

大鷹がきゅっと真顔になって、頭《かしら》を下げた。

二本松とは、水野家の元家老、二本松大炊《おおい》のことだ。

六年ほど前、和泉守は、家臣たちの反対を押しきって、財政が豊かな唐津から、貧しい浜松への転封を願い出た。唐津藩主のままでは、長崎《ながさき》警護の大役を名目に幕閣入りを許されない。十代の頃から志した老中への道を開くためには、九州を出る必要があったのだ。

その結果、当時家老であった二本松大炊が、諫死《かんし》を遂げている。

「余は二本松を不忠者と罵《のの》った。それで二本松は腹を切った」

和泉守は隼人を見据えて話をつづけた。

「それゆえ、余は何としても老中の座に就《つ》かねばならん。望みを果たさねば、二本松が報われまい。生涯かけて返さねばならん借りだ」

自嘲とも悲哀ともつかぬ乾いた笑い声が、和泉守の口からこぼれ、座敷をよぎって消えた。

「不躾《ぶしつけ》なことをお訊ね致しました。伏してお詫び申し上げます」

隼人の声音が柔らかくなっていた。

皐月《ごがつ》に、この座敷に初めて足を踏み入れ和泉守と顔を合わせた折り、隼人は、和泉守が、どこかが鈍く痛むのを堪えて過ごしているように思えると、話していた。今夜、柄にもなく危うい問いを発したのは、そのことが心に残っていたからだろう。そうやって痛みのわけに手を届かせたのだ。

「かまわぬ。訊ねさせたのは余じゃ。おかげで何やら気が済んだ。礼を言うぞ、片桐」

しばしの沈黙のあと、また声音をあらためて和泉守はしゃべり始めた。

「日寂が一味の傍若無人《ぼうじゃくぶじん》、上様からも伺《うかご》うた。源吾にも調べさせた。すべてを美代の方の仕業と思い込み、その方向にばかり探索を向けておったのは、余の不明である。寺社方の面目にかけても成敗せねばならんが、上様には内々にと命ぜられておる、そこでだ」

和泉守は言葉を切って息を吐くと、盃を傾けた。

「近いうちに下総中山へ源吾をつかわす。その方らにも、まもなく上様から同じ御下命があるだろう。ならば、ともに出向いたほうが互いの身の守りにもなる。合力して動いてもらいたい」

ようやく今夜の招きの目的が知れた。

「我が殿の気概、わかっていただけたなら嬉しいのですが……とはいえ、殿がなにゆえどこまでも苦しい生き方を選ばれるのか、それがしにもときどきわからぬようになるのですけれど」

闇に沈んだ藩邸の門を出る惣介と隼人に、大鷹がぽつりとつぶやいた。

半刻ほどともに過ごして、酒も出た。だが、和泉守が腹の底から楽しく笑うのを一度も聞いていない。

あくまでおのれの志を貫こうと疾駆《しっく》する者は、ときとして周りにいる者の思いを忘れる。自身の日々を愛しむ《いつく》ことさえ失念する。水野和泉守は、頂上を目指して走りつづけることを芯から欲しているのだろうか。

さやさやと夜の風が星空を渡っていく。植え込みの陰で、今年最初の秋の虫がころころと鳴くのが聞こえた。

第三話　下総中山《しもうさなかやま》子守り唄《うた》

一

「この間はいいようにあしらわれた。が、今日は独《ひと》りではない。そう簡単には誤魔《ごま》化《か》されんぞ」

鮎川惣介《あゆかわそうすけ》は、夢の中で十粒の黒豆に取り囲まれていた。鉢の中でじっくりと下相《したそう》談《だん》していたのだろう。豆どもはすっかり冷めていた。

「冷めても皮は香ばしく、実はさくりと歯触り良く、上手《うま》く煎り上がっている。文句を言われる覚えはないぞ。上様も喜んで下さるだろう」

「気に入らんのは、まさにそこよ」

黒豆は声を揃えた。

「上様が我ら煎り豆を好物にされておるのをよいことに、おぬしは我らを出世の踏み段にしておるだろう」

ひときわ大きくてつやのいい黒豆が声を張った。

「つまらん疑いをかけられては迷惑千万。おれは精一杯役目を果たしているだけだ。水野和泉守《みずのいずみのかみ》ではあるまいし、天下に号令して、おのが意見に従わせたいとは夢にも思わんぞ。まして、上様に取り入って美味《うま》い汁を吸おうなどとは、考えたこともない。周りを出し抜いて前に出るより、仲間と呑気《のんき》に旨《うま》いものを食うておるほうが余程よい」

「たばかるな。和泉守が腹を割ったふりをしても信ずるに足りんと同じように、惣介、おぬしも信用ならん」

鬨《とき》の声とともに、黒豆の数が一気に増えた。千とも万ともつかない量の豆が、ざらざらと音を立てて雪崩《なだ》れ落ちてくる。

（いかん。このままでは息もできんようになる。助けてくれ。誰か、誰か――）

惣介は、豆に埋もれかけながら、無我夢中で、伸びてきた手をつかんだ。

「お前様、お前様、何をうなされているのです。起きて下さいまし」

声に促《うなが》されて目を開けると、志織《しおり》が団栗眼《どんぐりまなこ》をさらに丸くして見下ろしていた。

「そのようにしがみつかれても、わたくしには引っぱり起こすなどとてもできませぬ。もう少しお痩《や》せにならなければ。それから、春吉《はるきち》が玄関に来ておりますよ。いかがなさいます」

雀斑《そばかす》を散らした狸顔《たぬきがお》が、気づかわしげに横に傾く。無論、惣介が黒豆に埋もれ死ぬのを案じているのではない。おおかた、虎の子の小判を春吉にやるところを盗み見ていたのだろう。

「お困りならば、わたくしが追い払ってしまいますが」

「いや、かまわん。会う。上がり口に座らせて、茶でも出してやってくれ」

昼下がりのぬるい風に吹かれながらの心地良いうたた寝。それを諦めて起き直って、ふと気がついた。

(なるほど。志織は俺に味方してくれたわけだ)

惣介がやましいことをしているのではないかと疑って責めることもせず、春吉を共通の敵と見なして、代わりに渡り合ってくれようとしたのだ。

「そういえば、組屋敷《くみやしき》で爪弾《つまはじ》きになった話は、その後どうなった。相変わらずつづいているなら、俺が苦情を言いに行ってやるぞ」

聞かされてからずいぶん日も経っている。今さらと決まりが悪いのを堪《こら》えて、惣介は志織に声をかけた。

「あれはもう片づきましてございます。わたくしが断ったおかげで、偽坊主に馬鹿高い鬼子母神《きしもじん》像を売りつけられずに済んだとかで、皆様から礼を言われました」

あっさりと言って座敷を出てゆきかけ、志織はひょいと振り返った。

「けれど、お前様が心に留めて下さっていたのがわかって、嬉《うれ》しゅうございます」

返答も待たずに志織は玄関へ戻っていった。面《おも》はゆいままひとり残されて、惣介はしかめっ面でそそくさと身支度を整えた。妻の味方をするのも、なかなか骨が折れるのである。


春吉は相変わらずの潰れ饅頭顔《まんじゅうがお》で、かしこまって茶を飲んでいた。口から先に生まれてきた上っ調子な男が、考え込む様子で空《くう》を睨《にら》んでいる。

「どうした、春吉。我が家の茶には妙な粉なぞ入れておらんから、心配せんでもよいぞ」

惣介が表の六畳間に入りながら声をかけると、春吉はぴくりと肩を跳《は》ね上げてから、目尻の下がった笑顔になった。

「やだな、旦那。いきなし声をかけるから、心の臓がとんぼ返りを打ったじゃねぇですか」

「珍しく真顔で頭を使っておったようだが、何か困りごとか……はあ、とうとう里《さと》に愛想《あいそ》づかしを食らったな。仕様のない奴だ。俺が一緒に行って謝ってやるから——」

「違うんでさ。ちょっくらおかしなことが起こりましてね。里があたしのせいじゃねぇかって気に病《や》むもんだから、今日は稼ぎは二の次にして、苧殻《おがら》売りの道筋をこっちに変えてご相談に上がった次第で」

言われてみれば盆の入りも間近で、春吉の苧殻売りはかき入れ時である。それを押して武家地の多い諏訪《すわ》町方面へ回ってきたのだから、相応の事情があるに違いない。

「〈稲荷寿司《いなりずし》〉屋台のお客で、梅《うめ》って若い母親がいんです。長屋が近いこともあって、里とは特別仲良くしてました。よく泣く癇《かん》の強い赤子に困り果てていたんで、里があの物騒な粉を薬だと思って分けてやったりしましてね」

惣介の脳裏に、暑さの盛りの柳原《やなぎはら》通りで見た光景がよみがえっていた。泣き止まない赤ん坊に草臥《くたび》れ果てて、自分まで泣き出した母親とそれを慰めている里の姿だ。

「赤子はつるという名だろう。生まれて五月《いつつき》と言うておったな」

「ご存じでやしたか。そのつると一緒に梅が行方をくらましちまいましてね。何でも、〈稲荷寿司〉を買いに行くって、昼前に赤ん坊を背負って家を出たんだそうで。それっきり戻らねぇってんで、亭主の喜作《きさく》が、木戸の閉まる時分になってからうちの伊助店《いすけだな》にまで訪ねてきたんでさ。そん次の日には、一緒に暮らしてる喜作のおっかあが、血眼になって捜してるとこに出くわしたんですが、どうにも見つからないって話で……いけませんや」

春吉は息を吐いて首を横に振った。

「ちょっと待て。昼前に出たきり戻らなかったのだろう。木戸が閉まるまで捜しに出なかったのはおかしいぞ。実家《さと》へ帰ったとでも決め込んでいたのか」

「梅の親兄弟は、五年前の疫痢《えきり》の流行《はや》りんときに、持ってかれちまってるんです。喜作と夫婦になったんだって、独りっきしになっちまった梅に、喜作のおっかあの兼《かね》さんが親身《しんみ》にしてやったのが始まりでさ」

「九尺二間に姑《しゅうと》と同居で家に居づらいから、出歩いていることが多かったとか」

「それもありやせん。あしこは、嫁姑《よめしゅうと》の間より夫婦仲のほうが悪かったんだ。けど、家で縫い物の仕事を引き受けてんですから、そうそう遊び歩いちゃいられねぇ」

（お前のようにはいかないわけだ）

惣介が腹の中でつぶやいたのを知るよしもなく、春吉はしゃべりつづけた。

「でね、旦那が、あの偽坊主の薬は取りすぎると死んじまうこともあるって、言ってたじゃねぇですか。それで里が、梅もつるも首玉人形に染み込ませた粉のせいで死んじまったのかもしれねぇって、そりゃあ気を揉《も》んで、夜もよく眠れねぇ始末でして」

「梅が行方知れずになったのはいつだ」

「旦那が日寂《にちじゃく》は偽坊主だって教えて下すって、夜に、あっしが粉入りの壺《つぼ》と引き替えに小判を頂戴《ちょうだい》した、その翌《あく》る日です」

「翌日の昼まで二人揃って壮健でいたのなら、里の渡した首玉人形は、つると梅の行方知れずには関わりがない。あの毒で命が危うくなるとしたら、その日のうちだからな。休心するよう言うてやれ」

「やれやれ、これで安気《あんき》になった。諏訪町まで回ってきた甲斐《かい》がありやした。それにしても、梅はいったいどこへ行っちまったんでしょうかねえ。女房と子どもをいっぺんに見失っちまって、喜作も気の毒だ」

胸を撫《な》で下ろした春吉は、ようやく他人のことを心配する顔になった。

(滅多なことはあるまいが……)

何も言わないまま春吉を帰したものの、惣介には一抹の危惧《きぐ》の念があった。日寂と仲間の何人かが、雑司《ぞうし》ヶ谷《がや》から下総《しもうさ》へ去った——その同じ日に、梅とつるはいなくなっている。里と会うためにしょっちゅう〈稲荷寿司〉の屋台へ来ていたのなら、日寂に出くわしたことも充分あり得た。

（泣いてばかりのつるを泣き止ませる「鬼子母神の粉」を求めて、雑司ヶ谷まで行き、そこで奇禍《きか》に遭ったのではなかろうか）

考えすぎだと思いたかった。

夫婦仲が悪かったというのだ。おそらく今頃は、両国橋《りょうごくばし》の向こうかどこかの長屋で、違う男と暮らしているのだろう。そのうち世話好きな大家が、喜作のところへ三行半《みくだりはん》を書くよう頼みに来る。それが一番ありそうな結末に思えた。陰に男がいる。薄々そう感づいていたから、喜作は梅が遅くまで帰らなくてもぐずぐずと捜しに出なかった——そう考えれば、動きの鈍さも納得がいく。

何しろ、江戸には若い女が不足している。ぼやぼやしていては子どもごと盗《と》られてしまう。男にとっては油断も隙もない町なのだ。

日寂一党のことを考えたから、というわけでもなかろうが、次の日の午過《ひるす》ぎ、家《いえ》斉《なり》からの召し出しがあった。御膳所で煎りたての黒豆を鉢に移しているところへ、小姓のひとりが知らせを持ってきたのである。

「戌《いぬ》の刻（午後九時前）に、との仰《おお》せである」

黒豆から上る湯気の向こうに、台所組頭、長尾清十郎《ながおせいじゅうろう》の渋っ面と小姓の仏頂面が並んでいた。

三日前、浜松《はままつ》藩邸で水野和泉守から話を聞いて以来、近く召し出しがあることは予想していた。いよいよ片桐隼人《かたぎりはやと》が大鷹源吾《おおたかげんご》とともに下総中山まで出向く。竈《かまど》の傍へとって返しながら、気持ちが沈んだ。

（それにしても、常より格段に遅いお召しは何かわけがあるのか）

酪《らく》を作るため、城中の牛飼い場から届いた乳に砂糖を混ぜつつ、惣介は首を傾げた。

家斉は、四つ（午後十時頃）には床につく。いつものように飯や汁のひと品を持参しては、胃の腑《ふ》にもたれるだろう。

（林檎《りんご》を焼いて差し上げようか）

思いついたのは、大鍋に沸《わ》かした湯の中の小鍋で、砂糖入りの牛の乳がとろとろと甘い匂いを漂わせ始めたときであった。

夜になって当番の台所人たちが皆下城《げじょう》すると、御膳所の中でさえ涼気が感じられた。秋の足音がひそやかに近づいてきているのだ。

惣介は思う存分伸びをしてから、林檎を俎板《まないた》に載せた。隼人の家へ土産《みやげ》に持っていった青林檎ではなく、上半分が紅を帯びた普通の林檎である。それを皮付きのまま横にして切り分けているところへ、隼人が来た。

「今宵《こよい》は俺にまでお召しがかかった。番の頭がその林檎のように赤くなったり、青くなったり、えらい騒ぎでな。仕方がないから、おおかた、おぬしのせいにしておいた」

藩邸からの帰り道には、考え込む様子でほとんど口もきかなかった隼人だが、今夜はさばさばした顔で涼しい目を細めている。

「うちの組頭の不興《ふきょう》だけでも持て余しておるのに、添番《そえばん》の頭にまで睨まれては、御《お》広敷《ひろしき》に身の置き所がなくなるだろう。俺が不憫《ふびん》だと思わなんだのか。友達甲斐《がい》のない奴だ」

惣介は文句を言いながら、四切れになった林檎の芯をそれぞれくりぬいた。隼人は穏やかな口元をほころばせただけで黙っている。

「どうやら本当に下総まで出張るのだな」

そう口に出すと、もうひと言、言い添えずにはおれなくなった。

「俺も一緒に行くから案ずるな。雑司ヶ谷の折りと同様、おぬしの守り主になってやる」

「そいつはありがたいが、たぶん上様がお許しにならんだろうよ」

面白がる声音《こわね》になって、隼人は惣介が切り落とした林檎の端を齧《かじ》った。

「案外、そのことで釘《くぎ》を刺すために、俺までお召しになったのやもしれんぞ」

「上様は、俺がついておらんとおぬしがめっぽう弱くなることを、ご存じないのだ。俺の剣の腕が未熟なことばかり気にされておる」

隼人がにやりと笑うのを横目に、惣介は平鍋に菜種油を引き、香りづけに、朝から水につけて冷やしておいた牛の乳をひと垂らし加えた。

鍋を竈の残り火にかけ、油が温まるのを待って、林檎を重ならないように並べる。あとは油を塩梅《あんばい》良く行きわたらせつつ、ほんのり焦げ目がつくまで表裏を焼くだけだ。

「隼人。先日の和泉守様だが、どこまで真《まこと》に腹を割っていたと思う」

夢の中の黒豆の意見に影響されたのではない。浜松藩邸からの帰りに聞きそびれた問いである。

「さあて、わからんな。どれだけ信憑《しんぴょう》してよいものやら。二本松の諫死《かんし》のことは心の古傷になっておるのだろうが、それとて、俺たちに語ったような単純素朴な思いではあるまい。まして、美代《みよ》の方に対する悪感情が、一朝一夕《いっちょういっせき》に消えるものとは思われん」

感じ入って耳を傾けていたように見えたが、この返事である。隼人の腹の読みにくさも和泉守といい勝負だ。

「だが、まあ、あのお方が大鷹源吾を大事にしていることは間違いない。それゆえ、俺や惣介が大鷹の役に立っている間は安穏。そういうことだ」

ずいぶん危なっかしい話である。下総で、無事、日寂の一味を掃討《そうとう》できたとしても、そのあと何が起きるか、知れたものではない。

（やはり、何が何でも俺が同道せねばなるまい）

きっぱりと心に決めて、惣介は皿に焼けた林檎を移した。上から、甘い香りの酪をとろりとかける。こちらも、昼間、固く煮詰まりすぎないうちに取りのけておいた分だ。仕上げに砂糖を混ぜた桂皮《けいひ》をひとつまみ散らす。

「その、かわらけ色の粉はなんだ。甘いような、削り立てのかんなくずのような、不可思議な匂いだ。鼻の奥がつんとするようで、むずむずするようで、なかなか面白い」

「桂皮だ。肉桂《にっけい》の木の根の皮から作る。木《き》の芽《め》や胡椒《こしょう》と同じような、匂いづけのかやくで、胃の腑の薬にもなる。冷えにも効く。焼いた林檎にもよう合う」

「旨そうではないか。今度、四谷《よつや》の家に来て作ってくれ」

隼人が子どものような笑顔になった。

「いくらでも作ってやるぞ。おぬしのは特別に油も砂糖もたっぷりにしてこしらえてやるから、はち切れるほど食うて俺と同じような狸腹になるがいい」

笑って憎まれ口を叩《たた》いた。何でも好きなものを食わせてやる、だから下総から無事戻ってこい。そんな心の底の思いは押し隠しておいた。

二

隼人と並んで御小座敷の下段の間に伏し、上目づかいにながめると、上段の間に座った家斉の脇に二曲の屏風《びょうぶ》が立ててある。秋の草を散らし描きしたそれは、これまで惣介が一度も目にしたことがないものだった。

「香ばしさ、甘酸っぱさに、花の香り。あれこれ混じって、ここまで漂ってくる。面白いものを膳に載せてきたようじゃの。近《ちこ》う持って参れ」

　家斉はいつもどおり、柔らかな笑みで惣介を見ている。夜更《ふ》けにもかかわらず、白羽二重に白帯のくつろいだ姿ではなく、黒縮緬《くろちりめん》の着流しで端座していた。

　命に応えて上段の間まで膳を運んでいくと、屏風の向こうで衣擦《きぬず》れの音がして、焚《た》きしめた香が匂った。あらしが死んだとき体に染みつかせていたのと同じ香――すなわち、美代の方の長局《ながつぼね》で好んで焚かれる香だ。

　あらしは、当時、美代の方の部屋方だった千登勢《ちとせ》によって、死に追いやられた。

（というて、美代の方がこの場に現れるはずもなし）

　惣介は、胸のうちで首を傾げながら隼人の隣に戻った。

　将軍が政務を執《と》る御座の間をはじめ、私室に当たる御小座敷や御休息、御湯殿までを含む中奥。その中奥と、御殿向き、長局向きの、両翼に分かれる大奥とは、上下二本の御鈴《おすず》廊下を残して、あとは銅瓦塀《どうがわらべい》できっちり仕切られている。御鈴廊下の杉戸を越えて中奥まで出てこられる女は、頭を丸め羽織を着た御坊主だけだ。

　だが家斉は、一度そのしきたりを踏み越え、大奥のお針子である呉服の間の七葉《なのは》を治療のためこの御小座敷に連れてきた。今夜、誰かをこっそり呼んでいても、驚くにはあたらない。

「焼きたての林檎は、汁気と残った歯ごたえとがちょうど良い具合で旨いものだな。皮もしゃりしゃりと香ばしい。温かい林檎と柔らかな酪と甘くした桂皮の香《かぐわ》しさとが口の中で混ざり合《お》うて、まことに美味である」

惣介の怪訝《けげん》な思いにも、座敷に入って平伏《へいふく》したきり目も上げない隼人にも、頓着《とんちゃく》なしで、家斉は焼き林檎を楽しんでいた。

焼いた林檎は御膳所からの膳にも載る。だが、いつものことながら笹の間のお毒味を済ませて届くから、家斉が口にする頃にはすっかり冷めて、実はふにゃふにゃと柔らかくなり、皮は喉《のど》に引っかかるぐらい固くなっている。

(温かさを心ゆくまで堪能される間、お待ちしてもバチは当たらんか)

惣介が急《せ》く気持ちを自省した直後、家斉が屏風の奥に向かって声をかけた。

「美代もひと切れ食してみるか。余と違《ちご》うて、そなたは部屋方に林檎を焼かせて熱いうちに食べることもできようが、惣介の焼き林檎はひときわ味が優れておるぞ」

美代と聞いて、心の臓《しんぞう》がどきりと音を立てた。剣を修め気配を殺す技に長《た》けた隼人は、さすがに身じろぎもしなかったが、腹のうちでは何かつぶやいたに違いない。

「嬉しゅうございます。それではこの懐紙《かいし》に頂戴いたしまする」

曇りのない冴《さ》えた声だった。だが、それだけではない。色とりどりの絹糸を綾《あや》に織り合わせたかのごときとも、優しい風に木の葉がさやぐようなとも、表せる余韻のある声だ。

「ああ、ほんとうに、ことのほか美味《おい》しゅうございます。長局では、とてもこのようには作れませぬ。今宵《こよい》のわらわは幸いでございますね、上様」

目を輝かせて笑む姿が思い描ける、弾んだ声音であった。無垢《むく》な響きは、とても二人の姫の母とは思えない。

「何よりだ。ここしばらく、そなたは心労が増すばかりであったから、喜ぶ顔が見られて余も嬉しいぞ」

「ご心配をおかけするばかりですのに、いつもそのようにお気持ちの籠もったお心遣いを下さる。美代は果報者でございます」

惣介は畳の目を見据えながら、自分と志織の日々のやり取りを反芻《はんすう》し、今、御小座敷で交わされている語らいと引き比べていた。

（志織もこのぐらい夫を立ててくれれば……）

さぞかし気分が良かろうという気がした。何か言うたびにこうも褒《ほ》め称《たた》えられては、肩が凝って居心地が悪いに違いないぞ――腹の二番底のそんなささやきは、この際、無視しておいた。

惣介が家庭の事情に気を散らしている間に、家斉がこちらへ向き直って、話は変わっていた。

「片桐、雑司ヶ谷での働き大儀《たいぎ》であった」

家斉は機嫌良くうなずいて、隼人と惣介を近くまで呼び寄せた。

「今夜、このように片桐を召し出したのは、まずはこうしてねぎらいを言いたかったからだ。もうひとつ、そちを見込んでの話がある」

言葉を選ぶように少し思案してから、家斉は話のつづきを切り出した。

「下総中山まで足を運び、日寂が一味を平らげてもらいたいのだ。雑司ヶ谷のことから日も開かぬうちに苦労をかけるが、もはや残党もさほどの数ではあるまい」

「承知つかまつりました」

威儀を正して短く答えた隼人の声に、揺るぎはなかった。

「寺社奉行、水野和泉守も家臣を出す。出立《しゅったつ》の日時を合わせ、その者と手をたずさえて、すべて見事に始末して参れ」

家斉も、隼人の返答に満足そうだった。が、惣介は釈然としなかった。下総行きがいよいよ現実味を帯びてみると、抑えに抑えてきた思いが喉元《のどもと》まで昇ってきたのである。

（なにゆえ隼人なのだ）

この件の始まりが大奥で起きた窃盗事件だったこともあって、添番の隼人は、最初から関わってはきた。だからといって、役目柄を遠く離れて後始末まで命ぜられる謂《い》われはない。雑司ヶ谷の働きまでで充分だと思う。

日寂は偽坊主ではないか。寺社奉行の水野和泉守が浜松藩士を引き連れて召し捕りに行けばよさそうなものだ。和泉守は信用ならないということならば、旗本のうちから信が置ける者を差し向ければいい。

騒ぎが大きくなるのを嫌うならば、御庭番《おにわばん》を送り込む手もある。御庭番の中には隼人以上の使い手がいるはずだ。

残党もさほどの数ではあるまい――家斉はこともなげに言った。が、実際のところ、下総中山で何が待ち構えているかは、行ってみなければわからない。

そもそも隼人も惣介も、一連の出来事の裏の裏にあるらしい何かを、知らないままなのだ。

なにゆえかわからない、裏もわからない、状況すらわからない。それで命をかけろ、人を斬れとはあまりに理不尽だ、と惣介は思う。

だが隼人は違う。心のうちがどうであれ、将軍の命に逆らうようなことはするまい。たかが御家人であっても幕臣は幕臣。徳川《とくがわ》家の禄《ろく》を食《は》む者の端くれとして、御下命があれば従うべきと決めている奴だ。

惣介もこれまで家斉に異議を唱えたことなどなかった。意見を述べたことはあるが、それは願いに近いものであって、家斉の命に楯《たて》を突くような中味ではない。

(だが今度ばかりは違う。ここを何も言えずに見過ごすなら、俺には友の何のと口にする値打ちはない)

黙したまま御小座敷を辞せば、下総行きに関して、もう隼人には何もしてやれなくなるのだ。

「お伺《うかが》いしたきことが――」と切り出して、「訊《き》くな」と命ぜられれば、それ以上何も言えなくなる。無礼は覚悟の上。伺いも立てず、強行突破で一気に訊《たず》ねてしまうことだ。

惣介は臍《ほぞ》に力を入れ、平伏したまま首だけ上げて口を開いた。

「おおそれながら、上様。なにゆえ、片桐を」

「惣介、惣介」

まるで予期していたかのように素早く家斉がさえぎった。

「言いたいことはようわかっておる。だが、それを余に訊ねてはならん。答えてやれんこともあるのだ」

不作法に腹を立てた様子はない、叱責《しっせき》するようでもない。声にも表情にも、困惑とほろ苦さが入り交じっていた。

――幕府を統《す》べる者として、否《いや》が応でも決断せねばならんことがある。許せよ。

この場にいるのが惣介だけなら、そんな言葉が口からこぼれそうな目が、こちらを見ていた。惣介は唇を嚙《か》みしめて、頭《こうべ》を垂れた。

「ただなあ、ひとつだけ打ち明けられることがある。余も、この水無月《ろくがつ》まで知らずにおったのだが――」

家斉はいったん言葉を切って、ちらりと屛風の奥に視線を走らせた。美代の方がうなずいたのか、かすかな香の匂いが漂った。

「下総中山の智泉院《ちせんいん》は、去年の暮れ以来ずっと日寂と仲間の根城となり、美代の父、日啓《にっけい》は、一年近くもあの者どもに振り回されておったのだ。ここしばらくは、取り籠められて外にも出られんらしい」

家斉が話し終えると、少し間をおいて、美代の方がしゃべり出した。

「片桐、難儀をさせます。許しておくれ」

御中臈《おちゅうろう》の立場を脱ぎ捨てた、ひたむきな声音に聞こえた。

「父のため、二人の姫のため、わらわも、何とか穏便にことが済まぬものかと苦心してきたのです。けれど、此度《こたび》ばかりは策も尽きました。美代は手を合わせて頼みます。どうか、父を助けて……」

声が潤《うる》んで途切れた。

「美代が、できることなら自ら話がしたいと望んだのでな。無理を押してここへ連れてきた。諸々《もろもろ》、思いはあろうが、わかってやってくれ」

「もったいなきお言葉。深く胸に刻み、存分に働いて参ります」

隼人の返事はどこまでも静かだった。

「明朝、この度《たび》のことについて細かな事情を話せる者を、鮎川の元へつかわす。両名とも、その者に訊きたいだけ訊くがよい。ただし、その者が何をどう答えようと、余はあずかり知らぬことじゃ」

家斉は話はすべて済んだと言うように、惣介たちに向かって右手を払った。下総行きは決まったのだ。

「惣介」

隼人につづいて御小座敷を出ようとしたところで、家斉に呼び止められ、惣介はあわててその場にかしこまった。家斉は下段の間へ下りてくると、惣介の前に胡坐《あぐら》をかいて腕を組んだ。

「雑司ヶ谷へ行ったそうだな。言うことを聞かぬ奴だ」

「お、お詫《わ》びの仕様もございません。しかしながら――」

皆まで聞かず、家斉は小さなため息とともに、問いを発した。

「下総へも行くつもりだな」

「上様。はや……片桐はそれがしがついておりませんと、剣の腕が鈍《にぶ》るのでございます。それでございますから」

「もうよい。勝手な思いつきを並べるな。たわけ者めが。無事に戻れよ。十五日には、浜御庭《はまおにわ》で漁を見る。余が良き魚を選んでくるゆえ、それを料理するのに間に合うよう帰ってくるのじゃ。わかったな」

文月《しちがつ》十五日に将軍が浜御庭か大川端《おおかわばた》で漁を見物するのは、漁猟上覧《ぎょりょうじょうらん》と呼ぶ年中行事のひとつである。

「お許しを頂き、ありがたき幸せにございます。御心にかないます魚料理を思案しながら行って戻って参ります」

口を動かしながらちらりと目を上げると、家斉が微《かす》かに首を傾げ、諦めたように笑っているのが見えた。

隼人と肩を並べて御台所御門を出ると、北から夜風が頬を撫でた。薄い雲が空をおおい、星は見えない。傾きかけの月だけが、西の空で鈍く光っていた。

「まったく驚かされる」

ゆるゆると歩きながら、隼人が口を開いた。

「ふむ。俺も仰天した。よもや、美代の方が待っていようとは思わなんだ」

「……とぼけたことを言う。俺が驚いたのは、惣介、おぬしだ。上様が止めて下されて良かった。放っておいたら、いったい何を口走ったことやら。どうにも手に負えん奴だ」

呆《あき》れ果てたと言いたげな口調ではあったが、隼人の声は笑いを含んでいた。

「上様にひと言申し上げようとせっかく腹をくくったというのに、そうやって呆れられては立つ瀬がない。ようやったと褒めそやして、《八百善《やおぜん》》で奢《おご》ってもらいたいぐらいだ」

「わかった、わかった。明日、大福餅でも馳走《ちそう》してやる」

隼人は苦笑いで太息を吐いて、話を変えた。

「とはいえ、おかげで筋道がずいぶん見えた。日寂一党の後ろ盾は水野和泉守でも美代の方でもなかった。昨年冬以来、市中で起こってうやむやになっていた事件は、元御広敷御用人、板坂矢兵衛《いたさかやへえ》とその家臣を含む日寂一味の仕業。そうして、大奥で起きた様々のことは、美代の方が父親の日啓と自身の立場を守りたい一心で動いた結果。そういうことだな」

美代の方は、水野に尻尾《しっぽ》をつかまれないよう、心を砕いて策を弄《ろう》した。知りすぎた者たちが命を落としても、ただ口をつぐんでいた。ぎりぎり追いつめられるまで、家斉にも一切打ち明けなかった。

さらに、日寂に言われるまま、奥女中たちの手に余る値段の鬼子母神像を、周囲に勧めた。

美代の方との円満なつき合いを維持するため、奥女中たちは競って鬼子母神像を買い求めた。大奥での評判の良し悪しは、旗本の出世にも大きく関わる。夫の出世を願う奥方たちも、美代の方の歓心を買いたいばかりに無理をしただろう。

そうなると承知の上でしたことだ。そうして、支払いに窮《きゅう》した女たちの苦境には目をつぶった。

惣介は空を仰いだ。

「母としての思いもある。姫たちに栄華の道を歩ませたい。そのためには、大奥での権勢を維持せねばならん」

自分自身、親兄弟、我が子大事。そのためにあらん限りの力を尽くし、結果、他人は二の次、三の次になり、ときには踏みつけにもなる。それを、誰が責められるだろう。

美代の方や大名、旗本に留《とど》まらない。九尺二間の長屋の連中から大店《おおだな》の主《あるじ》まで、誰でもが大なり小なり、そのようにして暮らしている。惣介とて、妻子を守りたいと思う。みじめな思いはさせまいと願う。

だが、強い立場にいる者がその思いだけで動くとき、周囲にいる弱い者には大きな波が打ち寄せる。それは、ときには溺れ流されてしまうほどの高波ともなる。

「別の向きから見れば、俺も同じ穴の狢《むじな》だ。役得も受けておる。見て見ぬふりもする」

台所人の役目で五十俵の扶持《ふち》を得ている。余った食材は持ち帰る。元をたどれば百姓衆が納めた年貢だ。そのくせ、彼らがこの夏の大旱《だいかん》ばつを乗りきるために、どれほどの思いをしているか知ろうともしていない。

深いため息が出た。

「惣介」

見向くと、隼人の親身なまなざしが傍らにあった。

「おぬしも俺も神仏ではない。できんことも多いさ。手に余ることもある。それにしてもだ。水野和泉守と美代の方はよう似ておるな」

惣介のために無理やり話を変えたのがわかった。

「のし上がることへの強い意志も、そのためなら犠牲を厭《いと》わない態度も、まるきり瓜《うり》二つだ」

知力を武器として幕政の頂点を極めようとする小大名、水野和泉守と、『女』であることを仕事に選んだ、名もなき寺の娘、美代の方。

二人はおのれだけを頼みに、栄華の山を遮二無二《しゃにむに》登っているのだ。峰を制することができるのが一人だけなら、いずれはどちらかが突き落とされることになる。腹を探り合うのも角《つの》突き合わせるのも無理はない。

日寂一味という共通の敵を目の前にして、とりあえずは鳴りをひそめている。だが、二人の軋轢《あつれき》はこの先も綿々とつづくに違いなかった。

「ご苦労なことだ。中腹あたりで弁当を広げて景色を楽しみ、そこからのんびりと引き返せばよかろうものをなあ」

惣介の呑気な返事を聞いて、隼人がほっとしたように微笑《ほほえ》んだ。

「さて、残ったわからんことは、日寂一味の後ろ盾が誰か、そして、その後ろ盾の目指すところは何かだ。明日、それを語ってくれる者が来るのだろう。惣介、誰が来るか心当たりはないのか」

そう訊かれて、惣介の脳裏をちらりと、ある顔がよぎった。

(冗談ではないぞ。勘弁してもらいたい)

惣介は、ふるふると首を横に振って、その顔を頭から追い出した。下手に口に出せば思い浮かべたことが本当になりそうで、隼人にも言わずにおいた。

「だいぶん雲が厚くなってきた。夜半にはひと雨あるのやもしれん。たっぷりと頼みたいものだ」

別れ際に、隼人がそうつぶやいた。

乾きに苦しめられた江戸市中に、ようやく天の恵みが来るようだ。

三

鰺《あじ》のひらき、ささげと茄子《なす》の味噌《みそ》汁、それに瓜の漬け物。一汁二菜を膳に並べて、惣介は湯気の立つ飯の二膳目を楽しんでいた。

明け方近くまで降りつづいた雨が地面を潤し土埃《つちぼこり》を押さえ込んで、拭《ふ》き取ったように澄んだ朝になった。蒼天《そうてん》から降りそそぐ五つ（午前七時頃）の陽射しも、昨日までより幾分か柔らかに感じられる。

城から大事な客が来るというので、鮎川家の女たちは、早々と朝餉《あさげ》を食べ終えていた。志織は表座敷の掃除に余念がなく、鈴菜《すずな》はしぶしぶ奥の座敷に引っこんで髪を結っている。

小一郎《こいちろう》だけが惣介の向かいに残って、わしわしと飯をかっ込んでいた。

「わたしの剣の腕前もずいぶん上達しました。下総までお供して、父上をお守りいたしましょうか」

顎《あご》に飯粒をつけた自己流免許皆伝に何と返事をしたものか。惣介が言葉を探していると、玄関から隼人の挨拶《あいさつ》が聞こえた。志織が、いつもとはまるで違う、猫を三四ほど肩に載せたしとやかさで応じたのにかぶせて、もうひとり別の声がしゃべり出し、惣介は茶碗《ちゃわん》を取り落としそうになった。

(そうではないかとは思うたが……やはり出たか)

昨夜《ゆうべ》の予感が当たった。

「ああ、半年ほど会わへんうちに、えらいことになってしもて。どうされるおつもりですん、鮎川はん」

鯵に未練を残しつつ玄関へ出た惣介の腹を睨んで、桜井雪之丞《さくらいゆきのじょう》がわざとらしくため息を吐いた。

「そう、すくすくとせり出しつづけては、じきに大黒《だいこく》さんを追い越して、いずれ恵《え》比寿《べっ》さんも顔負けになってしまいますやろし」

六尺を越える大きな体も、角張った顔も、太い眉毛の仏頂面も、余計なお世話のひと言も、半年前と何も変わっていない。

銀鼠《ぎんねず》色に魚子霰《ななこあられ》の柄の絹物を着て本場博多《はかた》織らしき平帯を締めた洒落《しゃれ》者ぶりも相変わらずだが、髷《まげ》の結い方は町人風に戻っていた。

「上様の言うておられたつかいとは、おぬしか」

「そのようですなあ」

京から戻ってきた凄腕《すごうで》の料理人は、大きな口をさらに広げてにまっと笑った。

「有栖川宮《ありすがわのみや》さんが、お姫《ひい》さんを案じてえらい嘆かはるので、見ておれんようになりまして。様子を確かめるだけでもと思うて、東海道を下ってきたんです。ご苦労さんで気のええ話です」

惣介の家の奥座敷で達磨《だるま》のように胡坐をかいて、雪之丞は自分を褒めた。有栖川宮家の姫とは、家斉の嫡男、家慶《いえよし》の正室、楽宮喬子《さざのみやたかこ》のことである。

雪之丞は、去年の暮れ、喬子の料理人として西の丸の御膳所にやって来た。そして、今回の一連の騒ぎに巻き込まれた挙句、日寂一味から命を狙われ、危ういところを逃れて京に帰っていったのだ。

「そのおぬしに訊きたいことは訊けと、上様は言われた。となるとやはり、日寂一党の首魁《しゅかい》は都と関わりがある、そういうことか」

隼人の問いにうなずいて、雪之丞は茶請《ちゃう》けのおこしをつまみ上げた。

「へえ、まあ、あっさりまとめたらそういうことです。帝《みかど》と宮さんと上さんとで便りや使いをずいぶんやり取りして、熱心に抑えにかかってましたよって、あんじょう片がつくんやないかと思うてたんですけども。どうも、なかなか……これはお手製ですのんか」

おこしのことだった。口をもごもごさせながら訊ねている。

「昨夜の今朝で茶菓子を買いに行く暇もなかったのでな。朝一番で俺がこしらえた」

蒸《む》した糯米《もちごめ》を水気を飛ばしながらぱらぱらに炒《い》って、熱いうちに水飴《みずあめ》と絡めて型の中で押さえて固め、あとは切っただけの簡素なものである。

「米の炒り加減がよろしですなあ。上手に甘みを引き出してはる。飴の分量も、硬過ぎて顎《あご》が痛いこともなし、柔らかすぎて歯にひっついてくることもなしで、言うことなしです」

話が菓子にずれて、隼人が口をぎゅっと結んだ。雪之丞は、その目をじっと覗《のぞ》き込むようにして、おこしから外れて残った米粒が載っている皿を差し出した。

「下総の日寂と残党は、言うたらこの米粒みたいなもんです。おこしの本体は、上つ方が皆でなかったことにしてしまいましたよって。残った欠片は、糯米にも戻れず、おこしとも名乗れず。今は下総っちゅう皿の中」

「その米粒、如何《いか》ほどの数だ」

隼人が膝《ひざ》を乗り出した。

「難儀なことに、腕の立つのが十五、六粒」

隼人は落ち着き払っていたが、惣介の背筋は凍った。雑司ヶ谷の折りには、相手は五人だった。それでも決して易々《やすやす》と勝ったとは言えない。

雪之丞は青ざめた惣介の頰をちらりと見やって皿を下ろすと、「ちょっと長なりますけど」と前置きして話し始めた。

「都も、帝や宮さんはまだまだ暮らしぶりも良うておっとりしたもんですけど、お公家《くげ》はんの中には、だいぶ懐具合の苦しいお方がいてはりますのんや。そのうちのひとりが旗を振って、徳川幕府に不満たらたらのお公家はんやら禄《ろく》を離れて食い詰めた浪人者やらを集めたんです」

「あらしは、その旗振り役の娘か」

あらしのいまわの際の言葉は『おたあさま』。御母様の意で、宮中や公家で使われる。

「いいえぇ。旗振り役に巧《うま》いこと乗せられた、もうちょっと下級のお公家はんのお姫《ひぃ》さんです。美代の方はんの様子をよう見ておいで、ちゅうんで大奥へ送りこまれたらしおすけど、当人にはそれがどんだけ危ない役目か、わかってなかったんと違いますやろか。父親《てておや》のお公家はんも、今頃は泣きの涙で悔やんではりますやろ」

雪之丞は惣介、隼人から目をそらして、湯呑み茶碗を取り上げた。

「幕府の専横《せんおう》を正すたらなんたら、いろいろ屁《へ》理屈こねてましたけど、謀《はかりごと》に加わった公家さんらの腹の底にあるのんは、徳川を倒して力を握ったら栄耀栄華《えいようえいが》も夢やない、っちゅうおのれの都合だけですよって。元がそんなんやから、寄ってきた連中も、たいがいは欲はあるけど志は低い」

茶をひと息に飲み干して、雪之丞は「はぁ」と息をついた。

「ただひとり、無頼《ぶらい》の浪人者を率《ひき》いて下ってきた日寂いうのんだけは、知恵が回って、勝手な言い分をもっともらしい理屈にすり替えるのんが上手やった。人を引き寄せる力量もあったんですやろなあ」

惣介は、春吉の言い訳を思い出していた。

『何てっか神々しいような顔をしてましてね。とても偽坊主には見えなかったんでさぁ』

相手が何を欲しているかを素早く見抜いて、それを満たしてやる。そうやって、人が面白いように言いなりになるのを楽しむ――僧の姿をした邪心の固まりだ。

考えている間も、雪之丞の話は前に進んでいた。

「そんなんで、江戸へ入った当初は、幕臣の内で出世が思うようにいかんで腐ってはるお人を誘い込んで、ええ調子やったんです。このわたしでさえだいぶ振り回されかけたんですよって。とびきりの切れ者《もん》ちゅうことは、間違いありまへん」

世間の知恵者の頭領《とうりょう》に自分を選んで、雪之丞は話をまとめにかかった。

「とはいうても、町人を手にかけたり火を放ったり、乱暴なことばっかしではつづきまへん。どのみち、帝と上さんに組んで動かれては、勝負になりませんやろ。そうなると、言い出しっぺのお公家さんは逃げ足が速い。ちゃっと口を拭《ぬぐ》うて素知らぬ顔しはります」

「都との縁が切れ幕府に睨まれ、江戸を逃げ出したのはわかる。が、なにゆえ、日寂一味は下総を目指した。美代の方の実父がいる智泉院が、彼奴等《きゃつら》の根城になった裏には、どんな事情がある」

隼人の問いは惣介の訊きたいことでもあった。が、雪之丞は口をすぼめて持て余した顔になった。

「それ、聞かはりますか……惣介はんにお渡しした簪《かんざし》で、察してもらえまへんやろか」

喉まで出かかった「まさか」と「やはり」。ふたつの言葉を呑んで、惣介は隼人を見た。さすがの隼人も、頬が白くなっていた。

雪之丞の言う『簪』は、去年の冬、小袖盗人の汚名を着せられ殺された初《はつ》が、美代の方にもらったものだ。その事件の背後には、家斉の御台所《みだいどころ》、茂姫《しげひめ》毒殺の企てがひそんでいた。

その毒殺を企み口封じに初を殺したのは、日寂一味並びに彼らと手を組んだ旗本。惣介も隼人も一応それで得心してきたが、簪はもう一人の下手人を指差す。

「雪之丞。俺がおぬしから渡された簪は、美代の方のものだったのだぞ」

惣介の思い浮かべた筋書きを裏打ちするかのように、雪之丞がこっくりと首を縦に振った。

「真の小袖盗人は、あらしを手にかけた千登勢だった。美代の方の部屋方だ。それを隠すため、美代の方は、初に盗人の罪を引き受けさせ、詫びとして簪を与えた。そうだな」

ここまでは、美代の方自身が家斉に打ち明けたことである。

雪之丞は黙したままだった。面白いものでも見つけたかのように、掌《たなごころ》の湯呑みに目を落としたまま動かなくなった。

あらし殺しの後ろには、美代の方の密《ひそ》かな指図があった。とすれば、小袖盗人もまた美代の方の内命があってのこと、と考えるのが自然だ。
（となれば、未遂に終わった御台所《みだいどころ》毒殺の謀《はかりごと》。そして初殺し。黒幕には美代の方も名を連ねている）

美代の方は、今は大奥で一番の権勢を誇っている。が、先のことはわからない。ある日、若さと美貌と賢さで自分を追い抜く側室が現れたら――その怖れから逃れる手立てはただひとつ。御台《みだい》様と呼ばれる立場になることだ。

徳川幕府が始まってこの方、正室が亡くなったのち側室が正室に収まった例《ためし》は一度もない。しかし美代の方は、家斉の破天荒を傍《かたわ》らで見ている。おのれがどれほど寵愛《ちょうあい》されているかも承知している。茂姫がいなくなればもしやして、と期待を抱いても不思議はない。

日寂に丸め込まれて、謀に加わったのかもしれない。美代の方が日寂に企てを持ちかけたこともあり得る。どちらにしろ、『毒殺未遂』『口封じのための初殺し』とふたつも弱みを握られてからは、黙々と日寂に言いなりになるしかなかったろう。

結果、値の張る鬼子母神像が大奥で売られ、実父が住職を務める下総の智泉院は日寂一党の牙城《がじょう》となった。

そしてあらしは――惣介の胸はきゅっと痛くなった。

雪之丞の言ったとおり、あらしは『それがどんだけ危ない役目か、わかってなかった』のだろう。「大奥の各御部屋へこまめに顔を出せ。美代の方の部屋の者とは格別に親しくなれ」とでも言い聞かされて、大奥へ入ったのだ。

時季外れにやってきた、ときどき京訛《なま》りのこぼれる陽気でおしゃべりな御末《おすえ》。そんな娘が大奥内を飛び回るだけで、美代の方の背筋は寒くなったはずだ。一味としては、美代の方を脅しつけてもっと言うがままにさせるつもりが、窮鼠《きゅうそ》は猫ならぬ公家の姫をかみ殺したわけだ。

ここまで推量して、これまでもやもやしていた様々なことが、ぴたりと収まるところへ収まった。今ここに大鷹がいたなら、小躍りして喜んだに違いない。

日寂一味と美代の方が、顔を突き合わせて策を練ったのか、文をやり取りして計略を拵《こしら》え上げたのかは霧《きり》の中だ。

御中﨟は、おのれが重病のときと親の死以外、大奥の外へ出ることを許されない。それが、御年寄まで出世すると、御台所の御代参《ごだいさん》として上野寛永寺《うえのかんえいじ》、芝増上寺《しばぞうじょうじ》へ出かけたり、御使者として他出《たしゅつ》したりできるようになる。

美代の方は〈御部屋様〉と呼ばれ御年寄格だ。権勢にものを言わせ無理を通せば、御台所の御代参に立つこともできただろう、とここまで考えて、惣介は隼人のほうへ向き直った。

「隼人。昨年の秋、美代の方は御代参か御使者に出なんだか」

隼人は軽く目を瞠《みは》ったあと、ついと視線をそらした。

「さて、どうであったかな。去年のこととなると、細かいことまでは思い出せん」

いつのまにやら顔に貼り付いた添番の面が、「大奥の内のこと他言無用」と語っていた。惣介と同じような筋をたどった果《は》て、この件は胸に畳むと決めたのだ。

「いや、ほんまに。毎日こう気ぜわしいと、昨日のことさえ朧《おぼろ》ですよってに」

雪之丞がほっとした声でつけ加えた。

「惣介はん、お茶のお代わりいただけますやろか」

「まあ、そんなことですよって、日寂を含め、下総に残った奴らは手負いの獣です。よう気ぃつけてもらわなあきまへん」

新しく淹《い》れた茶をふうふう吹きながら、雪之丞が締めくくった。

「そうか言うて、大勢でよってたかって退治する、ちゅうこともできしませんやろ。人手が足りひんのは承知でも、そおっと口ふさいでしまわんと、幕府にとっても都合が悪い」

家斉が「穏便に」と言いつづけた真意がようやくつかめた。ことが大きくなれば、私的には美代の方とその姫たちの先行きに暗雲が立ち籠《こ》める。公には幕府の存亡が危うくなる。

『京に幕府を倒す動きあり』と諸国に広がったなら、徳川幕府の威厳を保つのは難しい。ただでさえ屋台骨が揺らいでいるのだ。外様《とざま》大名の中には、島津《しまづ》をはじめとして、幕府よりぐんと財政豊かな藩もある。それらが機に乗じて動き出せば、二百年の泰平は崩れて落ちる。

ひるがえって、都は都で、下手に倒幕騒ぎに巻き込まれて、帝が間違った輿《こし》に乗せられるのは避けたかろう。平家滅亡の渦に呑まれて壇ノ浦《だんのうら》に沈んだ安徳《あんとく》帝の哀れだけではない。古来より、輿を間違えることは帝や宮家にとって真っ直ぐ命の危険につながってきた。

乗るなら、必ず正しい輿、勝てる輿でなければならないのだ。

(都の内や大名は無論のこと、できれば旗本や有力町人にも知らせず片をつけたい——だから隼人であり大鷹なのか)

惣介はそこに思い当たって、愕然《がくぜん》とした。

なるべく少ない人数で、できうる限り早く処理したい。だから、すでに事情をよく知っている者をつかわすのだ。

ことが済めばそれでよし。たとえしくじっても、たかが大奥世話係の御家人と小大名の家臣だ。二人とも下総で斬られて死んでそれが表に出ても、浅はかな私闘として片づけてしまえる。

夜半に御小座敷でこっそりと言い渡された下命だ。書き付け一枚ありはしない。幕府は関わりなし、という顔ができる。あとはまた、後始末の楽な下っ端を選び、新たな討手《うって》として差し向けるだけのことだ。

逃げ足が速く、口を拭《ぬぐ》うのが巧いのは、公家だけではないのである。

（首尾よく討ち果たして当たり前。しくじれば、わたくしごとで剣を抜いた法度《はっと》破りの痴《し》れ者か）

やるせなさが、腹の底から込み上げてきた。

何が何でも老中になりたい水野和泉守が、幕府の存続のため大鷹を見捨てるのはわかる。だが家斉は……。

（何を上っ調子なことを……俺は大馬鹿者だ）

今さら驚くほうがどうかしている。将軍は将軍、御目見《おめみえ》以下の御家人は御家人。上が窮すれば、下はあっさりと捨て石にされる。それだけのことだ。

幕臣は大勢いる。将軍が御家人の名を憶《おぼ》えることなどまずない。自分が御小座敷に召し出されたりしていなければ、家斉は隼人のことを知りもしなかっただろう。

(隼人は、俺とつき合いがあったばっかりに、とばっちりを食ったのだ)

それなのに自分は、いざというとき隼人の邪魔にはなっても、助太刀する腕前さえない。権力を握る者の理不尽《りふじん》と自身の不甲斐なさ。その両方に腹を立てて、惣介は膝の上で拳を握り、奥歯を嚙みしめた。

「惣介、おい、惣介……」

気づけば、隼人がすぐ脇に来て名前を呼んでいた。惣介の青ざめた顔と震える拳を交互にながめて、持て余したような笑みを浮かべている。

「おぬしが包丁で禄を食んでいるように、俺は剣の腕でお役目についている。淡々と命に従《したご》うて、勝って戻ればよいこと。そうだろう」

幼い頃から見慣れた切れ長の涼しい目が、なだめる光りをたたえて、こちらを見つめていた。

「上様には上様の立場がある。それは、おぬしが一番よう知っておるではないか。武門には武門の習いがある。それもまた、おぬしなら充分――」

「やかましい。武門の習いなぞ狸に食わせてしまえ。隼人、おぬしは、上様の腹のうちを、昨夜の御小座敷ですでに読んでいたのだろう。なにゆえ、それがしには荷が重すぎます、とか何とか上手に言うて断らなんだ」

　駄々をこねるような惣介の問いには答えず、隼人は雪之丞を振り返った。

「おこしが気に入ったのなら、今日はちょうど、浅草寺《せんそうじ》観音の四万六千日詣《しまんろくせんにちもうで》だ。近くに名物の雷おこしの見世がある。境内《けいだい》で雷よけの赤い玉蜀黍《とうもろこし》も売っておる。どちらも京にはないものだ。惣介に案内《あない》してもらうがよかろう。両国あたりの夜見世もある。あれもなかなか見物《みもの》だぞ」

「それはよろしですなあ」

　雪之丞は、すっかりへしゃげている惣介を気にする様子もなく、呑気に湯呑み茶碗を掌《てのひら》の上で転がした。

　浅草寺をぶらついたり、川遊びの舟から上がる花火を見上げたり――そんな長閑《のどか》な気分ではない。惣介は狸目を三角にして、隼人を睨んだ。

「おぬしはどうするのだ」

「俺は浜松藩邸に行って、大鷹源吾に会ってくる」

「ならば俺も――」

　一緒に行くと言いかけた惣介をさえぎって、雪之丞がしゃべり出した。

「ああ、その大鷹はん、いうお人、昨夜のうちに宿まで話を訊きに来ました。なかなか知恵の回る面白いお人で、若いけど侮れまへん」

となれば、一連の騒ぎの事情を、水野和泉守も大鷹もほぼつかんでいるということだ。

「下総には、いつ発《た》つ」

立ち上がった隼人に追いすがるように、惣介は訊ねた。

「明朝、明け六つ（午前四時過ぎ）。四谷の俺の家の前に来ればいい」

惣介が承知したと答えるのを背中で聞いて、隼人が座敷を出てゆきかけたところへ、鈴菜が茶の替えを持ってきた。志織に言いつけられたとおり小ぶりにではあるが島田《しまだ》を結い、小袖の袂《たもと》も下ろしている。

「これはまた、えらい別嬪《べっぴん》さんどすなあ。惣介はんに似やんで、よろしおした」

雪之丞の褒め言葉で鈴菜が照れている間に、隼人は姿を消していた。

「別嬪さんといえば、睦月《むつき》殿はどうした。京に留まったのか」

睦月は冬の木漏れ日のような美女である。前回、雪之丞が江戸に来たときには、用心棒として京からついてきた。穏やかな外見とは裏腹な小太刀の使い手で、雪之丞を守るためには人を殺《あや》めることもためらわなかった。その動きの素早さと後ろから襲いかかる手口から、忍びではないかとも思われる。

「睦月は……まあ、よろしやないですか。息災《そくさい》ではおります」

太平楽を決め込んでいた雪之丞が、初めて返事に詰まった。

（なるほど。袖にされたか。この四角達磨顔に観音菩薩《ぼさつ》の睦月は、確かに不釣り合いすぎた。いたしかたあるまい）

独り決めしたら、ようやく少々気分が持ち直した。

「ほなら、浅草《あさくさ》を覗きに行きまひょか。惣介はんの腹がちょっとでもへっこむように、わたしが観音さんにしっかり頼んだげます」

せっかく復調した心持ちをまた台無しにして、雪之丞がゆらゆらと立ち上がった。

四

ぬかるんでいた道も陽射しでずいぶん乾いて、神田川堤《かんだがわづつみ》は賑《にぎ》わっていた。右に行けば両国、橋を渡れば浅草。新橋《あたらしばし》の手前で立ち止まって、惣介はしばし思案した。里の〈稲荷寿司〉を雪之丞に食べさせてやろうかと考えたのだ。

気にかかりながら放り出してあった梅とつるの行方知れずの件も、この際、里に訊ねておきたい。惣介は橋を横に見て柳原通りへ足を向けた。雪之丞は、絹物の裾に泥がはねるのを気にしながらも、黙ってついてきた。

「あれ、お武家さん。今日は違うお連れさんですか」

里の屋台は相変わらずの繁盛ぶりだった。が、行列に並んだ惣介を、里は目ざとく見つけた。少し慣れて商いにも余裕が出てきたらしい。

「遠方からの客人だ。〈稲荷寿司〉を馳走《ちそう》しようと思うてな。里に少々訊きたいこともある。手が空いたら声をかけてくれ」

雪之丞と二人、床几《しょうぎ》に腰掛けてしばらくすると客がはけて、里が皿に載せた〈稲荷寿司〉と温かい茶を運んできた。

「亭主が梅さんのことでお屋敷まで押しかけちまったそうで、堪忍《かんにん》しておくんなさい。ご新造《しんぞう》さんがめっぽうきれいなお人でたまげた、とか厚かましいことばっかし言うんで、ひっぱたいときました」

どうやら春吉は、二両のことを内緒にしているらしい。しゃべって夫婦喧嘩《げんか》の種を播《ま》いたものかどうか、惣介が迷っている間に、雪之丞は〈稲荷寿司〉に手を伸ばしていた。

「江戸の流儀でちょっと醤油《しょうゆ》が濃すぎますけど、それをのけたら、なかなか面白い美味しいもんどすなあ。ひょっとしたら上方には似たようなものがあるかもしれへんけど、京では一向に見かけん食べ物やし。あんさんが作らはったんですか」

京訛りを聞いて、里の猫の目が丸くなる。

「この男は京でも名うての料理人だ。それに認められたのだから、〈稲荷寿司〉は大したものだぞ、里」

「へえ、ほんまにそのとおり。ほやから威張って商いしたらよろし」

雪之丞は、〈稲荷寿司〉と一緒に自分のことも褒め上げておいて、惣介の分まで口に持っていった。

葭簀《よしず》ごしに秋の風が通る。〈稲荷寿司〉の甘酸っぱい匂いが鼻をくすぐる。古着屋が秋物の袷《あわせ》を広げて、通りを行く娘や女房を呼び止めている。遠くで魂棚《たまだな》用の竹を売り歩く声がする。春吉も今頃どこかで、苧殻《おがら》売りに精を出しているのだろう。

賑《にぎ》わいの中で、惣介はいっとき下総のことを忘れた。

「で、あたしに訊きたいことってのは、何でございましょう」

「おお、それだ。春吉が話しに来た梅だが、行方は知れたのか」

頬に浮かんでいたわずかな笑みが消えて、里の首が横に振れた。

「あたしも心当たりを捜してみたんですけど、見たとか会ったとかって人が、いっこういなくって」

「好いた男ができて、手に手を取って欠け落ち、という筋書ではないのか」

「あれま、お武家さん。隅に置けませんね。けど、そういう人がいたんなら、あたしにしゃべったと思いますよ。それに、ちょいと妙なんでございます。喜作さんは、梅さんがいなくなった日にうちへ訪ねてきたっきり、ここへは寄りつきもしないし――」

里は猫が餌《えさ》を吟味《ぎんみ》するときみたいに小首を傾げて、真剣な顔つきになった。

「昨日は昨日で、おっかさんのほうがあたしの姿を見てあわてた風に逃げっちまうし。旦那にあの粉は関係ないって教えてもらって、すっかり安心してたんですけど、喜作さんとおっかさんは、あたしのせいで梅さんやつるちゃんに何かあったって、疑ってんでしょうか」

「いや、里のせいだと思うておるのではなかろうが……」

雲行きのあやしいほうに、話は進んでいる。

いなくなって十日たつかたたないかである。喜作にしても母親にしても、女房でもあり嫁である梅だけなら、あるいは早々に匙《さじ》を投げるかも知れない。だが娘であり孫であるつるは、そう簡単には諦められまい。

里が関わっていると疑っているならなおさら、何度も屋台にやって来て問い詰めそうなものだ。こっそり梅をかくまっていると推量して、里のあとをしつこくつけ回してもおかしくない。

だが、聞いた限りでは、逆に、喜作と母親のほうが梅とつるの行方《ゆくえ》を知っていて、そのことを里に覚《さと》られまいとしているかのようだ。

『亭主の喜作が、木戸の閉まる時分になってからうちの伊助店にまで訪ねてきたんでさ』惣介は、一昨日聞いた春吉の科白を思い出していた。

「里、梅がいなくなった日だが、お前は何刻《なんどき》までここに屋台を出していた」

「さて、特別早仕舞いした覚えもないから、七つ半（午後六時前）ぐらいまででしょかね」

「その間、梅も喜作も母親も、屋台には一度も訪ねてこなかった。そうだな」

「へえ。夜遅くになって、喜作さんが長屋へ来たばっかしです」

「喜作の仕事は何だ」

「亡くなったおとっつあんが、得意先の多い煙管師《きせるし》でしてね。そのあとを継いだけど、喜作さんは腕のほうがいまいちで、お客もみんな他の職人に取られっちまったって聞きました。で、暮らしの入費《いりか》は、おおかた、おっかさんと嫁の梅さんが針仕事で稼いでんです」

「それは、あきまへんなあ。腕で父親に負けて、稼ぎで母親と嫁さんに負けて。喜作はさぞかし肩身が狭いですやろ」

それまで黙っていた雪之丞が眉間に太い皺《しわ》を寄せて怖い声を出したから、ただでさえ心細げだった里は半泣きになった。

「旦那、梅さんとつるちゃんは、いったいどうなっちまったんでしょう」

「心配せずともよい。俺と、この高下駄達磨《たかげただるま》で当たってみる。喜作の長屋の場所を教えてくれ」

「それが済んだら、屋台を構うてあげたほうがよろし。お客はんが待ってる」

気が気でない様子で商売に戻った里を残して、惣介は雪之丞と並んで湯島横町《ゆしまよこちょう》の長屋を目指して歩き出した。

「惣介はんのお気持ちは、よおおわかりました。高下駄達磨て。いくらなんでもあんまりな言われようや」

雪之丞の不平を、惣介は黙殺した。雪之丞もたまには、言いたい放題言われる側に回ったほうがいい。

(そういう口惜《くや》しい思いが、人徳を育てるのだからな)

と、上から教え諭すのは我慢した。

喜作の住む長屋は神田川の土手沿いにあって、ずいぶん傷んで荒れていた。春吉と里の明神《みようじん》下、伊助店も、決して上等とは言えない。それでも、掃除と整頓が行き届き破れも修繕がしてあって、住人たちの真っ当な暮らしぶりがうかがえた。比べて、湯島横町のこの長屋は、路地のどぶ板がところどころ苔《こけ》色に腐って落ち、すえた臭いが立ち込めている。稲荷旗が引きちぎれ、共同便所の戸は蹴られて穴が開いていた。

住人がすさんでいるばかりではない。大家も、家作を仕切り、人を束ねる力に欠けているらしい。文月七日の井戸替えさえ、やったかどうか怪しいものだ。

その井戸端で、白髪がひと筋ふた筋混じった髪をじれった結びにした女房が、鍋を洗っていた。浴衣《ゆかた》を尻っ端折りして湯文字をのぞかせ、襟《えり》には手ぬぐいをかけている。

「喜作の家はどこだ」

惣介の問いに、女房は井戸のすぐ脇のあちこち穴の開いた腰高障子《こしだかしようじ》を顎で指し、怠《だる》そうにたわしを使いながらつけ加えた。

「誰もいやしないよ。兼さんは木戸が開くとすぐにつるちゃんを捜しに出たし、喜作はさっき、寝起きの顔のまんまふらっと出ちまったから」

「喜作は梅とつるを捜してはおらんのか」

「しんねりむっつりのでくの坊でも、逃げられたぐらいはわかってんでしょうよ。満足な稼ぎもなしで、梅さんに難癖《なんくせ》をつけちゃあ、殴る蹴るだもの。そりゃ逃げ出すさ。いなくなった日の朝の梅さんの叫び声ときたら、聞いてるほうが怖いくらいでさ。うちの宿六なんざぁ、やばいんじゃねぇかって、覗きに行きかけたんだ」

だが行かなかった。

軽口をたたき合い、頼まれたら手を貸す。が、それ以外は人の暮らしぶりに余計な口出しはしない。それが裏長屋の住人のやり方だ。

諸国から吹き寄せられるようにして江戸に集まり、狭い場所にひしめいて暮らしているのだ。できるだけ干渉し合わないのが、上手くやるコツだ。隣家の者が罪を犯したときに傍杖《そばづえ》を食わないための、生きる知恵でもある。

「よう荒れてますな」

障子の破れ目から中を覗き込んで、雪之丞が太い眉をひそめた。別の穴から様子をうかがって、惣介は息を呑んだ。

土壁や枕屏風に穴が開き、商売物の雁首《がんくび》を入れた笊《ざる》がひっくり返っている。それだけなら予想の範囲内だったが……。

「旦那方は町方の関わりかい」

井戸端で背中を向けたまま、女房が訊ねて寄こした。

「まあ、そのようなものだ。梅とつるの行方を、少々調べておる」

ぼやかした返事をして、惣介は女房のほうへ向き直った。

「そのひどい喧嘩の折りだが、喜作の母親は中にいたのかい」

女房はたわしを宙に浮かせたまま、しばらく覚えをたどっていたが、やがてきっぱりと首を横に振った。

「兼さんは急ぎの届け物があるって、あたしがまだ米を研《と》いでるうちに出かけたんだから。違いない。家にいたのは喜作と梅さんとつるちゃん。そんだけだ」

「いろいろ教えてもらえて助かった。こいつは礼だ。袷《あわせ》でも買うといい」

惣介が巾着から取り出した二朱の粒に、女房は顔をしかめた。

「いらないよ。金をもらっちゃあ、喜作とおっかさんを売り渡したみたいで、寝覚《ねざ》めが悪いじゃないか。気を揉まなくても、旦那たちのことはしゃべりゃしないよ。そんかし、梅さんとつるちゃんの居所がわかっても、喜作には内緒にしてやっておくんな」

「ようわかった。そうしよう」

目尻に皺《しわ》をつくってにやりと笑った江戸前女房を残し、惣介は雪之丞の先に立って路地を戻り出した。

「何が臭うたんです」

裏木戸を出るとすぐ、雪之丞が訊いた。

「残っていた気配はわずかなものだが、どうやらあそこの土間でずいぶん血が流れたらしい」

「煙管師ですよって、管《くだ》を削る豆刀もある、棚には包丁もある、で、刃物には困りませんわなあ。喜作が梅を手にかけたんですやろか」

「わからんな。殺しはすぐ済んでも、骸《むくろ》の始末が難しかろう。兼が間を置かずに帰ってきたら隠しようもない」

「子どものためやったら鬼にも蛇にもなる――そういう母親もいてますけど」

雪之丞の言い分がわからないわけではなかった。

喜作が兼の留守中に梅を殺し、帰宅した兼が驚き嘆きながらも、骸の始末を手伝った。二人して梅が行方不明だと周りに思わせ、喜作は夜も更けてから春吉の長屋まで足を運んで、熱心に捜しているふりをした。あるいは、喜作を伊助店に行かせたのは、兼の考えかもしれない。

そこまでは納得がいく。だが、そうだとすれば、つるはどこに消えたのか。兼が捜し回っているのだから、つるは少なくとも梅と一緒に死んだのではないはずだ。

「何にしても証《あかし》のない話だ」

狭い部屋である。床下に埋めていたなら、惣介の鼻に骸の臭いが届く。それがなかった。さっきの推量が当たっているなら、梅の亡骸《なきがら》は筵《むしろ》に包まれ、闇の神田川へ投げ込まれたか、少し離れた寺に投げ捨てられたか。

「喜作は煙管作りの修業も早々に投げた不甲斐ない奴ですやろ。そいで行き暮れて、ぶらぶらして、女房を殴ったりしてる。生きる力の薄い小心者ちゅうことですわなあ。それやったら、じきに辛抱《しんぼう》できんようになって、自分から尻尾を出すんとちゃいますやろか」

「母親が引き止めなければ、そうなるやもしれんな」

口に出して、ふと嫌な予感がした。

会ったこともない雪之丞でさえ、喜作を「不甲斐ない奴」と評した。里や長屋の女房から、なじる話ばかり聞いたからだ。

里もさっきの女房も、根も葉もなしに他人を悪し様に言う質ではなかろう。では、その根や葉はどこからきたのかとたぐれば、間違いなく梅や母親の兼の口へとたどり着く。

煙管作りで一人前になれず、身内がそのことで他人に愚痴《ぐち》をこぼすのを耳にタコで聞き、周囲から謗《そし》られ軽んじられ——その有り様で何年も暮らせば、どうしたって追いつめられる。その挙句が女房殺しだったとすれば、今の喜作は袋小路でもがいているようなものだ。

（兼が上手に相手をしておればよいが、さもないと危ういやもしれん。せめて大家がしっかりしておるようなら、これから訪ねて……）

物思いに割り込むように、雪之丞の声がした。

「聞こえてはりますか、惣介はん」

「いや、すまん。ちょっと考えごとをしておった。なんだ」

「下総へは町人のなりで行ったらどうですやろ、言うてますのや。腰に太刀があっても、どうせ使えまへんやろ。町人に化けていったら、寺の中にも入り込めますやん。髷はわたしが結い直してあげますよって」

「面白いが、髷の結い方を変えただけでは町人にはなれんだろう。物腰やしゃべり方や――」

「そやから、あれこれ買《こ》うて帰って、稽古しまひょ。何《なん》も職人や棒手振《ぼてふ》りの真似《まね》をせんでもよろしんどす。名主でも家主《いえぬし》でもええし。閑《ひま》と金のある町人に見えたら、日寂も鴨《かも》やぁ思て、大事にしてくれるやろし」

物わかりの悪い弟子に言い聞かせる言葉つきで、雪之丞は土手の上に向かって四角い顔を振った。見上げると連なった古着の床店《とこみせ》が見えた。

下総から戻るまでは、喜作と兼に関わっている暇はなさそうだった。

五

「ほんにようお似合いで。お前様、大店の主のようでございますよ。いっそ、まことに御家人株を売り払って、料理屋でも始めてはいかがでしょう」

冗談めかした口調に隠れて、志織の目は真剣だった。

以前、小一郎が台所人の跡を継ぐ気はないと言い出したときに、夫婦で御家人株を売る話をしたことがあった。剣の技がない惣介の今回の下総行きは、それを本気で思い返すほど、志織を心配させているのだ。

「案ずることはない。隼人と大鷹、二人の手練《てだれ》がついておる」

惣介の科白に、雪之丞から叱責が飛んだ。

「なんべん言うたらわかりますのん。いっくら絹物をべらべらさしても、月代《さかやき》を広げて髷を細う押さえ込んでも、そのしゃべりでは何にもなりまへん。やり直し、やり直し」

「ああ、やかましいことだ。ずっと京訛りのまま押し通しておるおぬしに叱られるのが、まずもって納得がいかん。どうも無体《むたい》なことをおっしゃる、だ」

午後いっぱい、雪之丞のむっつりした顔を拝みつづけ、代わる代わる覗きに来る鈴菜と小一郎に冷やかしの種を提供し、志織が精一杯こしらえつづけている笑顔に、腹のうちで手を合わせ、日は暮れていった。

「ほしたら、そろそろ両国の夜見世へ出て、町人で通るかどうか試してみましょか」

行灯《あんどん》の灯《とも》った座敷で、雪之丞が気楽に言った。

「待て、冗談ではないぞ。こんななりで諏訪町の辺りをうろついて、同輩に見咎《みとが》められたら何とする」

「あきまへん。もう一ぺんやり直し」

すでに雪之丞は面白がっているとしか思えない。

「やれやれ、しょうがない。とんだ恥っさらしだが、ためしにちっと出かけて参りましょうか」

「あれまあ、父上。今までで、いっち、お上手」

座敷の外から、鈴菜の嬉しげな声が飛んできた。

両国橋界隈の夜見世は、皐月《ごがつ》二十八日の川開きの花火に始まって、葉月《はちがつ》の晦日《みそか》までつづく。今夜も晴れた夜空と涼風が人を誘い、たいそうな賑わいだった。浅草寺に詣でて、そのままこちらに回ってきた者も多いのだろう。

大川には屋形船、志留古保之《しるこぼし》、屋根船、と大小様々な川遊びの船が浮かび、幾つも並んだ屋台からは、煎餅や烏賊《いか》を焼く匂いが漂ってくる。

だが、惣介はそれどころではなかった。

町人らしくと心がけるほど、歩き方がぎくしゃくする。刀を外してきた腰の辺りが物寂しい。明朝、両国橋を渡っていくことを思うと、みぞおちの辺りがもやもやとうずく。板につかない町人姿はどうにもばつが悪く、下総から戻ったあと、広げた月代と短くなった髷をどう言い訳したものか、思案するだけで頭が痛くなる。

腹の虫さえすっかりしょぼくれて、醤油の焦げる香りにも、天ぷらを揚げる音にも、いっこう声を上げなかった。

「こりゃあいけない。目がくらくらする。どこかに腰を下ろして休まなけりゃ、倒れっちまいそうだ」

雪之丞が「たいしたもんどす。立派に町人になってますやないか」とか何とかちゃちゃを入れるのに言い返す勢いもなく、惣介は人波を避けて船宿の脇の路地へ入り込んだ。そこで出しっぱなしの床几に腰を下ろすと、てこでも動く気がしなくなった。

花火の音と人のざわめきが少し遠くなると、大川がゆったり流れる気配が感じられる。

「にわか町人なぞ、やはり——」

無理だと言いかけたのを、雪之丞が目顔《めがお》で止めた。路地の奥、船着き場の方向で男が泣いている。

「おっかあ、勘弁してくんな。けど、こんで、おっかあはお白州に引きずり出されねぇで済む。俺が死罪になるとこも見ねぇで済む。だから……」

足音を忍ばせて近づくと、縞柄《しまがら》の草臥れた単衣《ひとえ》を着た男が、地面に膝を揃えて洟《はな》をすっていた。華奢《きゃしゃ》な肩や痩せた背中がひどく幼い。

船宿の窓からもれる灯《あか》りで、男の前に、五十過ぎとおぼしき女が、半白の髷を崩して倒れているのがわかった。ぺったりと座り込んだ男の足を濡《ぬ》らして、赤黒い血が大川のほうへ流れている。

「喜作……いいから、早くお逃げ。早くしないと……人が来ちまう」

死んだものと見えた女が、かすれた声を出した。

(南無三《なむさん》。兼と喜作だ)

冷たい手でみぞおちをぎゅっと握られた気がした。危なっかしいと感じていながら、何もしてやれなかったのだ。

思わず走り寄ろうとした惣介の肩を、雪之丞が無言のままつかんだ。おそらく喜作は母親を刺したまま、まだ刃物を握っている。自棄《やけ》になって何をしでかすかわからない。雪之丞はそれを警戒したのだ。

「お前のせいじゃないよ……おっかあが悪かったんだ……良いおっかあになろうって、根限《こんかぎ》りやってきたつもりが、どこで間違えっちまったんだろね。こうなっても、まだ、わかりゃしない。情けないよ……堪忍しとくれ……」

言葉が途切れて、喜作はおろおろと立ち上がった。手にしていた小刀が土の上に落ちて跳ねた。

惣介は雪之丞の手を振りきっていた。懐から手ぬぐいを取り出しながら、母子の傍へ走った。

「この手ぬぐいで傷口を押さえて血を止めておれ。今、医者を呼びに行ってやる。兼、しっかりせい。大丈夫だ、必ず間に合う」

走り出そうとした惣介の真ん前に、雪之丞が立ちふさがった。

「雪之丞、そこを、どけ」

「惣介はん、よう見てみなはれ。もう……」

雪之丞がゆっくり首を横に振った。その視線の先をたどると、光を失ってぽっかりと開いたままの兼の眼が見えた。

「信じてもらえねぇでも自業自得ってこったが、梅のことはわざとじゃねえ。喧嘩に出刃包丁が出て、気がついたら刺さっちまってたんだ。どうしようかってぼんやりしてると、つるが腹を空《す》かして泣き出して」

惣介の手ぬぐいを枕にあててやり、瞼《まぶた》を閉じてやり、裾を直してやり——事切れた母親の世話を甲斐甲斐しくやきながら、喜作は、独り言みたいにしゃべりつづけていた。

「おっかあは留守だし、梅はぴくりとも動かねえし、すっかり困っちまって、つるを腕に抱えて長屋をおん出て、通りを歩き出したら下谷《したや》のほうから日寂って坊さんと取り巻きがぞろぞろ来て……」

惣介と雪之丞は思わず顔を見合わせた。

「その後ろからちっと間をおいて、女がひとり来たんだ。つるが泣いているのを見かねた風で、自分の赤ん坊が死んじまって乳が余ってるから分けてやろうって。そしたらねぇ、旦那。つるがそりゃあ懸命に乳を飲んだんでさぁ。かじりつくみたいにして、目ぇつむって。梅が死んじまったのも知らねぇで……俺はたまんなくなって、そのまんま女とつるを置いて逃げてきちまった」

喜作はようやく顔を上げて、虚《うつ》ろな目で惣介と雪之丞を代わる代わるながめた。

「で、うちに帰《け》ぇったら、おっかあが戻ってて、梅を川に流すのを助《す》けてくれて……あんときも、おっかあは、お前のせいじゃないって言ったなあ。俺のせいに決まってんのに。俺が甲斐性なしだからこんなことになっちまったのに」

喜作の黒く翳《かげ》りを刻んだ頬を、涙がぽろぽろと転がり落ちた。

「……それにしても旦那、つるはどこへ行っちまったのかなあ。おっかあが、しゃかりきになって捜してたけど、見つかりゃしなかった」

「下総中山におる。案ずるな、息災だ」

惣介は、そうであればいい、と願う思いで言い切った。喜作の瞳に初めて微かな輝きが宿った。

「そうか。そいつはよかったな。乳もたっぷりもらえるし、俺もおっかあもいねぇし。いねぇのがいいんだ……おっかあじゃ駄目なんだ。我が強すぎて、ついつい何にでも口を出しちまう。きっとつるのことも俺みたいに壊しちまうからさ……」

喜作が肩を落として黙り込む。

(下総でつるを捜そう。まことに無事であると確かめねばならん)

してやれることは、他に何も残っていなかった。

遠くから何人かが駆けてくる足音が聞こえた。自身番から人が来たのだ。船宿の誰かが気づいて知らせたものらしい。

「惣介はん、はよ、行きまひょ。そのなりで番屋の者と会《お》うては、話がややこしいなりますやろ」

言うとおりだった。明日のことがある。町方に関わっている暇はない。

「喜作、お前、ひとりで大丈夫か」

「おっかあの弔《とむら》いは、今この場で済ましやした。あとは俺の弔いだけだ。そっちはお番所がやってくれまさぁ」

呆《ほう》けたような笑みを浮かべて、喜作は兼の鬢《びん》のほつれを直した。

「つるのことは、下総でよう頼んできてやる。任せておけ」

最後の気休めを言い残して、惣介は雪之丞とともにその場を離れた。


「喜作と母親のことは、喜作が生まれて間もない頃から始まってた話どっせ。惣介はんひとりでは、どうにもならへんかった。あんまり苦にせんほうがよろし」

大川沿いを提灯《ちょうちん》とは逆の方向に向かって小走りになりながら、雪之丞がぽつりとつぶやいた。闇に紛れて、どんな表情でいるのかは読み取れなかった。

「わざとやのうても、おかあちゃんの役目しくじってしまう母親は、いくらもおります。当たり前や。子ども産むんと一緒に悟りが開けるわけやなし。乳と一緒に慈悲がほとばしるんでもなし」

精一杯になって間違った方向へ走ってしまう。しくじりに気づいても、やり直し方がわからない。浮き世は、多かれ少なかれ、そんなことの連《つら》なりだ。

（おれも失策ばかりだ）

惣介の脳裏に、兼の死に顔が、喜作の呆けた姿が、隼人の静かな眼差《まなざ》しが、次々と浮かんで通り過ぎた。

天を仰いで泣きたくなった。

「ほな、まあ、お早いお帰りをお待ちしてますよって」

両国橋の賑わいまで駆け戻ったところで、雪之丞は、寝耳に水の言葉を、当たり前のように口に出した。

「待て、おぬし……お前さんも、わたしと連れだって出かけるんじゃないのかい」

「上手にならはりましたなあ。なんも心配おへん。ひとりでも下総へ行けます」

雪之丞が大師匠のようにもったいぶってうなずいた。

「そもそも、この京訛りではすぐに怪しまれてしまいますやろ。それに、わたしがお供してみんな斬られてしもたら、誰があとを見届けますのん。万が一、わたしだけが生き残ったらと思うと胸がふさがりますけど、これもさずかりやし。辛《つら》いのを我慢して江戸に残ります」

わざとらしく太い息まで吐いて、何より重要な役目をしぶしぶ引き受けた、と言いたげである。

「惣介はんの御膳所の当番も、わたしが代わってやりますし。組頭の長尾はんとせいぜい仲良うしながら、お帰りを待ってます。大船に乗った気ぃで、行ってきておくんなはれ」

だめ押しのようにつけ加えると、雪之丞は口を大きく開けてニカリと笑った。

まさに、降って湧いてずぶ濡れの災難である。最初に御膳所に現れて以来、雪之丞がどれほど組頭の長尾清十郎を怒らせつづけたか、思い出すのもうんざりだ。しかも長尾は、雪之丞と惣介が心を許し合った友であるかのように誤解している。

「いいか。長尾様にしかとわからせておけ。俺とおぬしは、決して——」

「はいはい。切っても切れん仲やと、ちゃんとお話ししときますよって」

それが何より困る。だが、この場でいくら言い聞かせても、雪之丞はこちらの考えどおりには動くまい。

為《な》す術《すべ》もないまま雪之丞と別れて、惣介は、とぼとぼと組屋敷まで歩いた。

翌朝、明け六つ（午前四時過ぎ）、さらに起き抜けの耳に水な出来事が、惣介を待っていた。

四谷の片桐家はしっかりと戸を閉ざして、門前には隼人の姿も大鷹の気配もなかったのだ。代わりに待っていたのは、黒繻子《くろしゅす》の襟をかけた紺絣《こんがすり》を短めに着て裾から緋縮緬《ひぢりめん》をのぞかせ、揃いの緋縮緬の脚絆《きゃはん》をつけて、笠《かさ》と杖を手に持った睦月であった。すっかり商家の若い内儀の旅姿である。

「睦月殿、これはいったい……」

いかがなされた、と訊ねかけて、惣介は自分が、尻っ端折りで、手っ甲脚絆《きゃはん》草鞋《わらじ》に菅笠《すげがさ》、振り分け荷物の町人姿であることを、思い出した。

「そろそろござらっしゃる頃かと往来をながめてお待ちしてました。鮎川様の妹として下総中山までお供して、道々、町人言葉のお稽古のおっしょさんにもなります」

睦月は、透き通るような白い肌を少し朱《あか》く染めて、はにかんだ。

睦月は京女だが、雪之丞と違って江戸の言葉も器用に話す。腕も立つ。すべて雪之丞からの指図に違いなかった。

「心遣いはありがたいが、隼人と大鷹がおる。睦月殿が危うい場所に出向くことはない」

「お二人は、昨日のうちに下総へ出立なされました」

睦月が声をひそめた。

「上様から水野和泉守様と片桐様へ、鮎川様は必ず残していくようにと、強い御下命がございましたから」

それで、隼人の家の門が閉ざされている理由がわかった。ここから惣介がどうしようと、片桐家は一切関わりなし。そう言いたがっているのだ。

(俺のせいで隼人がとんだことに駆り出された——八重《やえ》殿も母御《ははご》も、そう考えて恨んでいるに違いない)

古びた家はただ静まり返っている。

惣介は胸が締めつけられる思いで目を閉じた。惣介だけが無事に戻っては、八重と以知代《いちよ》に会わせる顔がない。隼人だけが無事に帰ったら、城中での立場が面倒になる。

(上様は俺を止める代わりに隼人の立場を人質に取った……そういうことか)

家斉はそこまで考えて命を下したに違いなかった。

『惣介、きっと生きて戻れ。さもないと片桐の家がどうなっても知らんぞ』

真顔で気ままな将軍を演じる家斉の姿が目に浮かぶようだ。

(上様のためにも、隼人ともども、何としても無事に帰らねばならん)

惣介は地面を睨んで、込み上げた思いを呑み込んだ。

「ご案じなさいますな。わたくしが必ずお守りいたしますゆえ」

下からそっと覗き込むようにして、睦月がささやいた。

その睦月のことは雪之丞が心配しているのだ。飄々《ひょうひょう》として勝手なことをしゃべり散らしてはいても、あの男は睦月を大事に思っている。重々わかっていた。

「そうやって何もかもご自分で背負ってはなりません」

惣介の心を読んだかのように、睦月が叱る声になった。

「わたくしは京を出るときに、残党を片づけてくるよう有栖川宮様から命を受けております。下総に行くのは御下命を果たすためで、鮎川様の用心棒は、そのついでございます」

ついで、と言いきって自分でも可笑《おか》しかったのか、睦月が紅色の口元をほころばせた。

「それじゃ、兄《あに》さん、さっさと出立しましょ。早くつるちゃんの無事を確かめなけりゃ、あたしも気が気じゃないし。ボヤボヤしてちゃあ、古利根《ふるとね》を渡る前に日が暮れっちまいますよ」

濃い睫《まつげ》毛の下で、大きな瞳がいたずらっぽくきらめいた。

なるほど。考えてみれば、下総中山まで七里の道を、いつでも達磨の睨めっくらみたいな顔つきでいる雪之丞と歩くよりはよほどいい。勇んで歩き出そうとして、ふと、台所組組屋敷の門前に立つ志織の姿が胸をよぎった。案じる気持ちを笑みで押し隠して見送ってくれたばかりだ。

（何も後ろめたいことはないぞ。ただの旅の道連れだ）

腹のうちでつぶやいて、前を見て、惣介はおのれの甘さを悟った。睦月がすでに一町（約百メートル）近く先を歩いている。

（これはいかん。下手をすれば、隼人よりも足が速い）

惣介は、せり出した腹を持て余しながら、ばたばたと睦月のあとを追って走り出した。

六

下総中山は、江戸で人気の旅先、成田《なりた》不動尊参詣道中の中途にあたる。成田山までは行って戻れば三泊四日の旅だが、下総中山までならその半分もかからない。

両国橋を渡って本所《ほんじょ》を突っ切り、亀戸《かめいど》村を抜け——惣介は睦月の速さに合わせて必死に歩みつづけた。めそめそと泣く腹の虫も、相手にしてやらなかった。

隼人と大鷹は昨日の夕刻には、智泉院の傍まで駒を進めたはずだ。もちろん、すぐに日寂一味と対峙《たいじ》したとは思えない。周りの状況を調べ、残党の人数を確かめ、準備を整えているに違いない。

（とはいえ、何が起こっているかは、行ってみるまでわからんのだからな）

不測の事態もあり得るのだ。

風が乾いた土埃を巻き上げた。亀戸の辺りは広々と百姓地が広がっている。例年ならば、実りかけの稲穂がさわさわと揺れ、里芋の大きな葉っぱが濃い緑の陰を作り、小ぶりの茄子《なす》がそこここでぶらぶらして、湿った青い風が吹いているはずだ。

が、今は、どこもかしこも茶色く枯れて、干涸《ひか》らびている。一昨日《おととい》の夜の雨も、焼け石に雀《すずめ》の涙のようなものだった。

関東一帯がこの有り様なのだ。それでも江戸に住む者たちがどうにか飢えずに過ごしているのは、実りが豊かだった藩や地方から作物を流通させ、値が上がりすぎないように目を光らせ、と、それなりの政《まつりごと》が行われているからだ。

（おのれの栄華や栄達だけに心を奪われておる者が、天下を取ってはいかん）

惣介は臍《ほぞ》に力を入れ直して足を速めた。

「兄さん、たいそう足がお丈夫。中川《なかがわ》を越えたら昼餉《ひるげ》にしましょうねえ」

笠で土埃を避けていた睦月が、ちらりとこちらを向いて白い歯を見せた。

「そいつぁ、ありがたい。腹の虫の代わりに礼を言わしてもらうよ」

和やかな声で褒められると嬉しかった。やはり道連れはこうでなくてはいけない。隣にあるのが雪之丞の素っとぼけ顔でないのが、しみじみありがたかった。

中川は釣りで人気の場所である。ところどころに中州のある川面《かわも》に棹《さお》さして、船頭のついた釣り舟やそれよりぐっと小さな百文舟がいくつも浮かんでいる。酒や食い物を持ち込んで、どれものんびりしたものだ。

ふと水無月半《ろくがつ》ばに江戸から消えたきりのあんずのことが、思い浮かんだ。惣介、隼人とあんずの出会いは、釣りがきっかけだったからだ。

『ちょっとややっこしいことになったんで、しばらくお江戸を離れます』

あんずはそう言い残していった。

(まさか日寂と関わって下総におるのではあるまいな)

疑いかけて、惣介は胸のうちで首を横に振った。

あんずは当たり屋の親に育てられ、世間の裏を嫌と言うほど見てきた娘だ。日寂ごときにたぶらかされるとは思えない。

（いずれまた江戸に舞い戻るやもしれん）

縁があれば再び見《まみ》えることもあろう。浮き世とはそんなものだ。明るく見通して、惣介は光る水面《みなも》に目をやった。

（秋も深まったら、隼人と中川へ釣りに来よう）

隼人の腹が二回り太くなるような特別誂《あつら》えの弁当をこしらえて——と、菜をあれこれ思案しながら釣り人を羨ましくながめ、惣介と睦月を乗せた猪牙舟《ちょきぶね》は、早々と対岸に着いた。

ここまで来れば旅程はほぼ半分。船着き場の傍の一膳飯屋で、惣介はほうと息をついた。やればできるもので、ここまで足も棒にならずに済んでいる。

しっかり盛った飯と若布《わかめ》の味噌汁、干した鮎《あゆ》に里芋の煮転がし。この季節ならどこにでもある膳のものが、大店のもてなし料理の如く美味に感じられた。

「兄さん、この勢いなら八つには古利根を渡れそうでございますよ。ずいぶんはかどって、ほんによかったこと」

「そうだな。睦月もよう歩いた。たいしたもんだよ」

街道でもそうだったが、飯屋でも同じことで、睦月が惣介に兄さんと声をかけるたび、男たちが目を皿にしてこちらを振り返る。その羨ましげな面を眺めるたびに、足の裏にできかけたまめも引っ込む心地がした。

薄い茶を飲み終えて勘定を済ませ、別に七文払って店の入口に吊《つ》ってある草鞋《わらじ》を買い求めたところで、目の前を知った顔が通り過ぎた。

石木《いしき》善之助《ぜんのすけ》だった。血相を変え、走るように下総の方に向かって通り過ぎてゆく。

「石木、いったい――」

どうした、どこへ行く、と声をかけそうになって、自分の今のなりを思い出した。下手に声をかければ、惣介のほうが「いったいどうした」と訊かれる羽目になる。

石木とは、不忍池《しのばずのいけ》の麦湯屋の傍で別れたきりである。その後は、下総行きのばたばたの中、石木と千登勢がどうなったのかも知らないままだった。すべては終わったこととして忘れる。それが隼人との間の暗黙の了解であった。

ちらりと見ただけだが、石木はただでさえ大きな目を張り裂けんばかりに見開き、気が気でないといった態《てい》だった。

(千登勢に何かあったのか)

千登勢とあらしの死と下総中山智泉院。三者の関わりを思い浮かべて、惣介の心は騒いだ。

千登勢は、あらしを殺める結果になったのを、ひどく悔やみ苦しんでいた。『無事、義理を果たすまで決して忘れないように、あらしと名乗っている』と大鷹に語っている。

（義理とは、もしやして、あらしの仇《あだ》を討つという話か）

あらしを死に追いやったのは千登勢だ。それで仇討ちとは身勝手で滑稽《こっけい》な言い分だと思う。しかし、千登勢の立場に身を置いたなら、そうでもするより仕方がないのもわかる。誤りを正したくとも、あらしを生き返らせる術《すべ》はないのだ。日寂と相打ちになれば本望。たとえ返り討ちに遭って命を落としても、それで心は救われる。

下総中山へ出向くには、市川《いちかわ》の関を越えるための道中手形が入り用だ。千登勢はそのために麦湯屋で働き出したのだ。

夕涼みのついでにきれいな女に言い寄る鼻の下の長い有力町人をたらし込み、「成田不動尊に行ってみたい」とでもねだった。それで楽に手形が手に入る。石木に迷惑がかかることもない。

石木は千登勢が下総へ行ったことを知り、深い事情はわからないながらも、危惧《きぐ》の念を抱いたのだろう。だから役目も何もかも放り出して、下総へ向かっている。

「兄さん、急いだほうがよさそうでございますね」

睦月は杖と笠を持って立ち上がっていた。

「ああ、ちょいと厄介なことになったようだ」

うなずいて表に出たが、すでに石木の姿はなかった。

いくら思いつめても、千登勢の手に負える話ではない。わけがわからないまま、石木が助太刀に立てば、二人は十人を超える使い手に囲まれる。

下総中山に着いたら、まずは隼人と大鷹を捜し、それから智泉院にもぐり込んで――と算段してきた。

（すぐに隼人と大鷹が見つかればよし。だが、そうでなければ――）

睦月と二人で、千登勢と石木を見つけ出して止めるしかない。

街道の人通りを縫うように上手く避けて、睦月が走る速さで進んでいく。惣介も懸命になってあとにつづいた。

盂蘭盆会《うらぼんえ》を前にして、智泉院の門前町一帯はずいぶん賑わっていた。

古利根の渡しを下りてからずっと、それとなく周囲に目を配りつづけ、隼人か大鷹の姿を捜してきた。江戸からの参詣者や信者たちの間に、石木か千登勢の姿を見つけ出せるかもしれないと期待してもいた。

だが、門前町の真ん前まで着いても誰にも出くわせないまま。空《むな》しく夕暮れが近づいていた。

（せっかくの町人姿だ。当たって砕けてみるか）

智泉院の中の様子を探り、どうにかして日啓を表に連れ出すことができれば、隼人と大鷹をずいぶん助けることができる。惣介は睦月をうながして、黒塗りの総門を抜けた。

日啓が僧を務める智泉院は、中山法華《ほっけ》寺《じ》の枝院《しいん》である。

親寺の法華寺は、黒門と呼ばれる総門と赤門と通称される仁王門をくぐり、掃き清められた参道をさらに深くたどった奥にある。重厚な本院や法華堂、五重塔、二十を超える伽藍《がらん》を備えた堂々たる寺だ。

一方、智泉院は土地の広さはそこそこながら、建物の幅と高さでは仁王門にも劣る。美代の方が大奥で強い力を持つようになってからは、奥女中たちが足繁く通うようになり寄進《きしん》も増えて、ずいぶん小ぎれいになったとは聞いていた。が、やはり枝院は枝院なのである。

門から法華寺本院の方角に向かって、ゆるやかに風が吹き抜ける。青々と葉を茂らせた木々が、ざわざわと音を立てた。門前町の賑わいを背にして境内を進み、本堂の脇にある入口に近づいたところで、惣介の鼻にはっきりと赤子の匂いが来た。

「中につるがおるようだ」

ひそめた声に、隣を歩いていた睦月が小さくうなずいた。

「兄さんの鼻のことは、雪之丞さんから聞いてます」

つるがいるのなら、喜作がつるを託した女もいると思われ、となると、女があとをついていった日寂の一味もこの建物の中にいる――のかもしれない。

「噂が本当だと良いのだけれどねぇ」

聞こえよがしの大声で睦月に話しかけて、惣介は中に向かって案内を請《こ》うた。

奥のほうでかすかな人の気配がしたかと思うと、僧形の男が表に出てきた。剃髪《ていはつ》して、墨染めの衣をまとってはいるが、体つきは、衣の外からでもわかるほどたくましい。きろりと剝《む》いた目も、仏門に帰依《きえ》した者とは思われない険しさだ。

「いかがされたかな」

話しかける声だけは、いたって穏やかで親切そうでもあった。

「江戸、下谷で小さな料理屋をやっております、麦屋《むぎや》惣兵衛《そうべえ》と申すものでございます。実は水無月の終わりに妹の赤子が賊に連れ去られたのですが、その子が智泉院様で助けていただいて無事にしていると、風の便りに聞きまして。赤子の母親は心配のあまり寝ついておりますので、わたしと下の妹で、藁《わら》にもすがる思いでここまでやって参りました。お心当たりがございましょうか」

口からでまかせながら姪《めい》と妹を案じる兄を熱演して、惣介は相手の反応をうかがった。

「江戸から日寂師様を慕って従ってきた女が赤子を連れてきたが、その子のことかのう」

「ああ、きっとその子に違いない。ありがたや。こんな嬉しいことはない。連れて帰れば、きっと妹も本復《ほんぷく》いたしましょう。その赤子に会わせていただけませんか。できることなら、ご住職様にもお礼を申し上げて、寄進のご相談もさせていただきたい」

男はしばらく思案する様子でいた。が、寄進の二文字が効いたのか一度奥へ引っこみ、じきに戻ってきて惣介と睦月を中へ通した。

草鞋を懐に、本堂をぐるりと囲む外廊下を進むと、短い素通しの階段があった。そこを下りると、真っ直ぐな渡り廊下が、まだ木の香りも新しい僧房へとつづいていた。渡り廊下の両側は垣根で囲んだ庭である。狭いながらも職人の手が入って、樹木と築山《つきやま》が見映え良く配置され、智泉院の資金の潤沢《じゅんたく》さを物語っていた。

僧房のだいぶ手前、右手に、こちらはずいぶん古びた庵《いおり》が建っていた。赤子の匂いはそこから強く漂ってくる。

庵の引き戸は閉まっていて、別の僧形の男がまるで見張りのように真ん前に立っていた。案内の男より背丈は低いが、肩の肉が盛り上がり赤ら顔で、睦月を上から下まで舐《な》め回すように眺めた目つきは、これもまた、とても坊主とは思えない生臭さだった。

案内の男は立ち止まることもせず僧房へ向かった。

(赤子に会わせる気はないのか)

入口で披露した猿芝居がすっかり見抜かれているのか、寄進の話を済ませてからでないと赤子は渡せないという算段なのか。

睦月はうっすらと笑みを浮かべた顔でしとやかに歩を進めているが、惣介の胸は早鐘を打ち始めた。怪しみ出すと、本堂の内側に入ってからの静けさが、やたら不気味に感じられる。

「閑静なところでございますな。このような場所に赤ん坊が来て、さぞやお困りでしたでしょう」

「そうでもない」

男の返事は素っ気なかった。この人気《ひとけ》のなさが、いつものことなのかどうかさえつかめない。このままついて行くか、逃げ出すべきか、迷っているうちに、惣介は睦月と並んで僧房に足を踏み入れていた。

入口に十畳ほどの庫裏《くり》があり、近在から雇われたらしい女房が三人、夕餉《ゆうげ》の仕上げにかかっていた。興味を持ったふりで中を覗いたが、女房はみな孫がいるような年格好で、喜作がつるを預けた年頃の女は見あたらない。千登勢の姿もなかった。

（ひい、ふう、みい――）

広げてある膳の数は十四だった。ちらりと見えた料理の分量もその程度に思えた。日寂と日啓の分を引いて勘定すると、残り十二膳になる。

雪之丞は残党の人数を、腕の立つのが十五、六と話していた。

（膳の数が少ない。すでに隼人と大鷹が幾人か片づけたということか）

とすれば、残りの一味は隼人たちを狩りに出払っている、とも考えられる。

推測の山を頭の中に築きながら、足だけは案内の男に従って奥へ進んだ。廊下の両側に、豪華な襖絵を施した座敷が五部屋ずつ。僧の寝泊まりの場所というよりは、瀟洒《しょうしゃ》な旅籠《はたご》のようである。代参にやって来る奥女中たちのための休息所として建てたものらしい。ここにも人の気配はなかった。

突き当たりに、これまでよりさらに贅《ぜい》を尽くした襖が見えた。

「あれが、ご住職の日啓様のお部屋でございましょうか」

睦月の問いに、案内の男は振り返って首を横に振った。

「日啓師は庵のほうにおられる。日寂師様の徳の高さに感銘を受けられ、智泉院の切り盛りをすっかり任せて隠居《いんきょ》なさったのだ」

口元を、すっと嘲《あざけ》りの影がよぎった。

「日寂師様、連れて参りました」

話のつづきのように閉まった襖の向こうへ声をかけ、男は先に立って座敷に入った。中は二十畳を越える座敷で、青畳のいい香りが満ちていた。水色の衣をまとった細面の男が、ただひとり端座してこちらを見ていた。

春吉が話していたままに、眉と目が細く鼻の形がきれいで唇が薄い。四十代初めといったところか。物静かな表情で、物騒な目論見《もくろみ》の首謀者の面差しはなかった。

「この度は——」

座敷の入口に正座してしゃべり始めた惣介をさえぎって、日寂が口を開いた。

「姪御の名は、何と申される」

「つるでございますが」

「それなら間違いない。あの赤子の着ているものには、どれも『つる』と縫い取りがしてあったゆえ」

「やれ、よかった。何とお礼を申し上げてよいやら。つるの母親もさぞかし——」

睦月と手を取りあわんばかりに喜んでいた惣介を、日寂は再びさえぎった。

「礼はいらん。他人《ひと》の子の無事をともに喜ぶような空々しいことはできぬ。が、ままならぬことの多い憂き世だ。ひとときの運の良さを存分に味わえばよろしかろう」

抑揚の乏しい声音だった。悪意の臭いはない。ただ荒涼とした無関心だけが伝わってきた。

「この方たちを庵へ案内せよ」

日寂の指示に、ここまで惣介たちを連れてきた男が、一瞬ためらった。が、日寂の細い目に射すくめられると、慌《あわただ》しく立ち上がった。

「足もとの明るいうちに、早《はよ》う連れて帰られるがよい」

寄進の話もこれまでの世話賃のことも出ないまま、日寂はそれっきり二度と惣介たちのほうには視線を寄越《よこ》さなかった。

七

案内の男は庵の手前で惣介と睦月を待たせ、引き戸の前にいた男としばらく話し込んでいた。ときどき、ちらちらとこちらを見返るのが気色が悪い。日寂の短い言葉のうちに、密《ひそ》かな合図が含まれていたのか、とも思えてくる。

「日寂はすでに悪あがきに厭《あ》いておるようでございました」

睦月が下を向いたままささやいた。

「そのようだ」

雪之丞は日寂を切れ者と評していた。目先の利く男なら、とうにおのれの行く末を見定めているはずだ。

惣介と睦月がほとんど唇を動かさないまま話をしているうちに、戸の前にいたほうの男が僧房に姿を消した。まもなく賄《まかな》いの女房たちが表に現れ、急《せ》かされながら帰っていった。ますますきな臭い。

「無理は承知でございますが、この機会を逃さず、日啓様を連れ出すのが得策かと思います」

智泉院の中に残しておけば、日寂の冥土の土産にされる恐れが高い——睦月はそう読んでいるのだ。美代の方が幾人もの命を素気《すげ》なく扱ったことを思えば、なぜ日啓にだけ手を差しのべてやらねばならないのか、と拗《す》ねたい気持ちも湧いてくる。けれども、誰であれ危うい立場にいる者を見捨てることはできない。しかも、隼人に救出の君命が出ているのだ。

「お待たせした。それでは、こちらへ」

惣介が睦月に返事をする前に、案内の男が戻ってきて声をかけた。

庵は小さな上がり口とそこから見渡せる六畳間が二つあるだけの、ごく狭いものだった。入った途端、乳と襁褓《むつき》の臭いが鼻腔《びこう》いっぱいに広がる。

「日啓殿。江戸からつるの伯父《おじ》が迎えに来た。渡してやってもらいたい」

男はそれだけ言うと、返事も待たずに表に出て引き戸を閉めた。

奥の六畳間でこちらに背を向けていた墨染め衣の僧が、襖越しにツヤツヤ光る丸い頭をのぞかせた。

「これは驚いた。よう見つけて下さいましたなあ」

ころんとした垂れ目をいっそう垂れ下がらせて、日啓は笑っていた。五十か六十か、笑い皺のたっぷり寄った丸顔は、妙に人好きがした。

「ちょっと待って下されや。ちょうど、つるのおむつを替えていたところでしてな。なあ、つるよ、このくちゃいくちゃいを片づけてから、伯父御に上がってもらおうのう」

気が抜けるほどののんびりした物言いであった。

日啓は頭と顔だけでなく鼻も体もぽってりと丸かった。側室の中でも飛び抜けた美貌で才気《さいき》煥発《かんぱつ》といわれる美代の方の、どこにこの父親の血が受け継がれているのか、首を傾げたくなる。

汚れた襁褓を片づけ手を洗って茶を淹《い》れてくれる間も、ゆったりとした雰囲気は変わらなかった。

母屋《おもや》を乗っ取られた形で狭い庵にいることも、表に日寂一味が番をしている状況も、差し迫ったことと、とらえていない風である。日啓のゆるゆるした態度が伝わったかのように、あれほど癇の強かったつるが、小さな夜具の上で機嫌良く指をしゃぶっていた。

「つるをここまで連れてきた女は、どうしておりますのか」

惣介は、庵の窓がすべて閉まっていることを確かめ、外の物音と臭いに用心しながら、声をひそめて訊いた。日啓の表情が、初めてしょぼくれた。

「止めたのですけれどな。日寂から手渡された粉のせいで、生まれたばかりの赤子を死なせてしもうた、その仇を討つために来たと言い張りましてなあ……」

「返り討ちにあった。そういうことですか」

日啓は申し訳なさそうに小さくうなずいてうつむいたが、ようやく思いついたように、目を瞠《みは》って顔を上げた。

「江戸からござらっしゃったそうですなあ。もしやして、美代が――」

「我らは、日啓殿を智泉院の外へお連れするよう言われて参りました」

惣介の言葉に、日啓は困惑顔で頭を撫でた。

「しかしながら明日は盆の入りだ。拙僧がおらんでは門徒に不便をかける。それに、大奥から参詣に来られるお女中方をもてなす役目もある。わざわざ足を運んで下さるのにご挨拶もせんでは、美代の出世にひびいてしまう」

惣介は唖然《あぜん》として、しばし日啓の頭に眺め入った。

美代の方は父親の栄達のため、智泉院を盛り立てようと骨を折っている。日啓は、奥女中の機嫌を取り結ぶことが娘の出世のためだと思い込んでいる。

一生奉公の美代の方は、この先も大奥を出ることはまずあるまい。この先どちらかが死ぬまで会うことのかなわぬ父と娘だ。その二人の思いが、確かめ合うこともないまま、すれ違っている。いつか正される日が来るのだろうか。

「美代の方様が、日啓様にしばしここを離れてもらいたいと、そう望んでおられるのです」

惣介が当惑している間も、睦月は日啓を動かそうと懸命になっていた。

「美代がここから出よと……さようでございましたか。ならば望みどおりにしてやらねばなるまいが。さて、困った。お二方が危うい思いをするであろうし、つるも連れていかねばならんし……」

「ご案じなく。わたくしが守って差し上げます」

睦月が最後の一押しのようにささやいて、杖の中に隠された白銀に光る刃をちらりと見せた。日啓の目がひときわ丸くなった。

見張られているであろう表の上がり口を避けて、庵の裏から抜け出る。本堂の前まで逃れられれば、門前の見世や参詣客の目が追っ手を退けてくれる。そう無理やり心算して、三人は草鞋を履いてこっそり外に出た。

睦月は笠は庵に置いたまま、邪魔になる袂に襷《たすき》をかけて杖を持ち、惣介は三角に折った風呂敷を首から吊るし、その中にくるむ形でつるを抱いていた。日啓を間に挟み、惣介が前、睦月がしんがりの位置で、足音を忍ばせ庭へ出る。渡り廊下の反対側の築山に沈みかけの西陽が当たっているだけで、辺りに人の姿はない。と、安《あん》堵《ど》しかけた瞬間、その築山の方角から、風の向きに逆らって、あるかなきかの線香の匂いが惣介の鼻まで届いた。

「築山の陰におる」

短く睦月に告げ、惣介は日啓の袖を引きずるようにして、本堂めがけて走り出した。階段の間際までたどり着いたところで、上から着流しの侍が下りてきて三人の前に立ちふさがった。

「ここから出すわけにはいかん」

声音にどこか嘲弄《ちょうろう》する響きがあった。たかが町人と坊主と女、そう見て侮っているのだ。築山に隠れていたもう一人も現れて、間合を詰めてきた。さっき庵の前に立っていた僧である。

「鮎川様、階段の裏へ」

睦月が惣介と日啓を背にかばい、左右の敵に向かって仕込み杖の鞘《さや》を払った。二人の男が同時に刀を抜いた。僧形の男は青眼に、着流しのほうは上段に、それぞれ構えてじりじりと迫ってくる。

惣介は日啓をうながして階段の裏に身を潜めた。

「嘗《な》めるな、女」

罵声とともに、着流しが大きく踏み出して太刀を振り下ろした。仕込み杖が、鋭い音とともにその刃を払う。同時に、睦月は膝をつかんばかりに小さくしゃがみ込んで着流しの脇をすり抜け、振り向きざまに、懐から取り出した卵大の包みを握り潰して男たちに投げつけた。

刺激のある臭いを感じるとすぐ、惣介は日啓とともに地面に伏せ、抱いていたつるの顔を懐に押しつけて目をふさいだ。風下に立つ男たちに細かな粉が襲いかかる。町方が捕り物に使うものより、はるかに刺激の強い目潰しだ。

睦月に斬りかかった着流しが、無我夢中で腕を上げ両目をぬぐおうとする。すかさず仕込み杖の切っ先が、その喉をかき斬った。

僧形の男は、青眼に構えたままじりじりと後ずさっていた。瞼《まぶた》を盛んに動かしてはいるが、左目がわずかに開いているだけだ。

睦月は男の右に回った。僧形の男が首ごと右に向き直る。それを見越したように、睦月がさらに右に杖の刃を突き出す。僧形は大きく体を振って、太刀で杖を叩こうとした。その太刀が空を切って地面まで届いた刹那《せつな》、睦月の杖が、袈裟《けさ》懸《が》けに振り下ろされた。僧形の男の首から血飛沫《ちしぶき》が飛んだ。

「鮎川様、早く」

睦月にうながされて、惣介は前のめりに階段を駆け上がった。日啓が荒い息をはきながらついてくる。震える膝を無理やり動かして本堂の外廊下を抜けると、参詣客がそぞろ歩く長閑《のどか》な境内が目の前にあった。

外廊下の奥、階段を登ったところに、先刻、惣介と睦月を案内した僧の姿が、ちらりと見えた。が、こちらへやって来る様子はない。

「もう大丈夫。追っては来られません」

睦月の声が穏やかになっていた。腹をコトコトと蹴られて視線を落とすと、風呂敷の中からつるの笑顔がこちらを見上げていた。

「日寂一党のことを知って、拙僧の心配をしてくれていた門徒がおります。ひとまずそこを頼りましょうか。そこならつるも、もらい乳ができます」

門前の人の流れに紛れてしばらく歩いたところで、日啓がやっと口を開いた。

隼人と大鷹、石木と千登勢、四人を捜すにしても、日啓を預けるにしても、信の置ける地元の拠点《きよてん》が必要だ。門徒の家なら旅籠よりよほどいい。

日啓について門前を抜け、木立の間を二町ほど進んだ。

「もう間もなくですよ」

日啓がほっとした声を出したそのとき、何者かが後ろから惣介の袂《たもと》を引いた。飛《と》び退《の》いて振り向くと、隼人が立っていた。怒っているような、呆れているような、面白がっているような、複雑な表情でこちらを睨んでいる。

「誰がこんな危ない橋を渡れと頼んだ。惣介の大たわけが。腹は立つが、その姿を目にしていては、怒る気も失《う》せる」

「なにゆえ剣突《けんつく》を食わねばならんのだ。日啓殿を助け出し、残党の様子を探ってきたのだぞ。褒めてもらいたいぐらいだ」

「もういい。とにかく隠れ家まで連れていってやる。あの松の木の陰だ」

隼人が指さしたしっかりした作りの小屋を見て、日啓が声を上げた。

「おお、あれは、拙僧が心づもりにしていた門徒の家の持ち物ですぞ」

「頼ったのが同じ相手とは、不思議な偶然ですなあ」

ほっとして力の抜けた惣介の腹を、隼人がもうひと声どやしつけた。

「偶然なわけがあるか。俺と大鷹は、下総中山に着いてまず始めに、日啓殿と懇意《こんい》で力を貸してくれそうな名主の門徒を捜したのだ。おぬしのように、下調べもせず、いきなり敵の本陣に入り込んだりはせん」

隣を歩く睦月は何も言わなかった。が、肩が小刻みに震えている。笑っているのは間違いなかった。

惣介の災難はそれだけで終わらなかった。小屋の囲炉裏端《いろり》に座っていた大鷹が、惣介の町人姿を見た途端、遠慮も会釈もなく笑い出したのだ。

「着替えもなく、髷の結い直しようもないのだぞ。そうやって笑いものにして、気の毒だとは思わんのか」

大鷹は気づくよしもなかったが、さらに嘆かわしいことも起きていた。つるの襦袢がだいぶん湿って、その湿り気が、惣介の着ているものに少なからぬ被害を与えていたのである。

助けは夕餉と名主とともにやって来た。

夕餉は、塩むすびと古漬け沢庵《たくあん》に千本しめじの味噌汁。それだけの献立ではあったが量はたっぷりあった。

汚れた単衣の替えを借り、腹までくちくなって、惣介はすっかり満ち足りた気分になっていた。つるも乳をもらい、こざっぱりと着替えを済ませて上機嫌だ。勝手な奴だ。

(雑司ヶ谷で役に立たなかったときは褒めて、様々手柄を立てた今回は怒る。勝手な奴だ)

人の気も知らない隼人なんぞはくそ食らえなのである。

「さっきまでいた庵より、ここのほうがよほど上等ですからな。それに、頼りになる用心棒も四人います。何も案じることはございませんよ」

母屋に移るようにという名主の勧めを、日啓は丁寧な礼とともに断った。内心は、名主の一家にまで害が及ぶことを恐れたのだろう。とはいえ、囲炉裏のある板の間があり、奥の畳敷きには押し入れも備えた小屋は、確かに智泉院の庵と大差はなかった。

「そもそも日寂につけ込まれる災いを招いたのは、拙僧の女癖が元ですからなあ。これ以上の巻き添えは何が何でもくい止めねばならんでしょう。美代にもずいぶん心労をかけて……」

名主が諦めて去ると、日啓はしょんぼりとつぶやいた。

本当に女で厄介ごとを引き起こしたのか、美代の方をかばうために作った話なのか。日啓の顔つきからは推し量りかねた。

（どうせ大奥のことだ。こっちはとやかく言わせてもらえる立場でもなし）

呑気者らしく振る舞っている坊さんと眉目麗《みめうるわ》しきその娘が、どこまでおのが罪を自覚しているか、はなはだ心許《こころもと》ない。それでもとにかく、役目のひとつは済んだ。

八

「睦月殿が二人斬り捨てて、残りはおそらく、日寂を入れて十一人だ」

惣介は、塩握りの残りを頬張り沢庵を齧り、茶をすすりながら、智泉院の様子を残らず報告した。

石木と千登勢のことを聞いて隼人は眉を曇らせたが、あてもなく捜し回るゆとりはない。二人がことを起こす前に残党を片づける――できることは、それだけだ。

「雪之丞から聞いたより、少し数が減っておるが――」

惣介の疑問には、大鷹が答えた。

「昨晩、智泉院の周辺を調べに行ったら、あとをつけてきた四人組に襲われましてね。片桐殿と二人ずつ斬り捨てて帰りました」

芋でも切ったかのような、あっさりした口調である。

「十一人なら、睦月殿と三人で何とかなるやもしれん。逃げられる前に急襲をかける手もあるが、どうします」

大鷹の意見に、隼人が思案する顔になった。江戸市中ではない。お寺社の支配ではないのだ。向こうから襲ってきたのならよいが、こちらが先に山門の中で太刀を抜いては、面倒なことになりかねない。

「逃げるにしても、まずは日啓殿を取り返してから、と企てるだろう」

剣の腕で数のうちに入っていなくても、考えを述べるのは勝手である。惣介は遠慮なく口をはさんだ。

日啓は日寂一味にとって、美代の方をあやつり、ひいては家斉を動かす大事な人質でもあった。下総から逃げる心積《こころづ》もりでも、居座る魂胆《こんたん》でも、まずは日啓を取り戻してから、と考えるのは必定《ひつじょう》だ。

「惣介の言うとおり、日啓殿を取り戻すために、夜が更けるのを待って襲ってくるやもしれんな。頼りそうな名主のことは、あ奴らも目星をつけているだろう」

隼人が外の気配をうかがう顔になった。

板の間の左右の壁には小さな窓がある。簡素な板戸もついていたが、それはわざと半分開け放してあった。残党どもが名主の母屋を間違えて襲うことがないように、小屋から灯りを漏らしておくためだった。

すでに五つ(午後九時頃)は過ぎ、江戸と違って夜の早いこの辺りは、すっかり静かになっている。昇るのが早い十日余りの月は中天近くにあって、小屋の周囲の木立は青白い月明かりを浴びていた。

「選ぶ余地はなさそうだ。あ奴らが近づいておる」

開いた窓のほうに鼻を向けて、惣介は声をひそめた。夜風に乗って、抹香《まっこう》の臭いと大奥の女中たちが残していった香や白粉《おしろい》の匂いが嗅ぎ取れたのだ。

「よし、二手に分かれて出る。惣介、日啓殿の衣を羽織って、手ぬぐいで髷を隠せ。日啓殿は押し入れに――」

隼人が指示を飛ばす間に、大鷹が素早く窓の板戸を下ろした。惣介は日啓の衣を羽織って、押し入れに隠れた日啓の膝に、よく眠っているつるを託した。

支度が終わると、大鷹は引き戸をゆっくりと開けて、外《かわや》に足を踏み出した。囲まれていることには気づいていない素振りで、右手にある厠に向かって歩いてゆく。

「先ほどの目潰しだが、残っていたらひとつもらえまいか」

惣介は睦月を見返って小声でささやいた。差し出された紙包みを懐に入れたところで、厠の陰から飛び出した男が大鷹に斬りかかった。大鷹が素早く抜刀してそれを振り払う。木立の陰からさらに二人が出てきて、大鷹に太刀を向けた。

「小屋の内は、わたくしが」

睦月の声を合図に、惣介は隼人と並んで小屋を飛び出した。そのまま左手に向かって走り出す。

「日啓が逃げたぞ」

一味の誰かが声を張り上げた。月明かりの下なら墨染めの衣とほおかぶりの頭を日啓と見まがうはず、との思惑が当たった。隠れていた者たちが、一斉に飛び出してあとを追ってくる。

廁の傍で、ぎゃあと断末魔の声がした。大鷹と対峙していたひとりが、他の奴らとともに左手に走り出すか否か迷ったのだ。その一瞬の隙をついて、大鷹は相手の眉間《みけん》を斬り裂いていた。残りのふたりは、最早、大鷹に背を向けることはできなくなった。

隼人と惣介のあとを追ってきたのは五人。木立を抜けたところで、隼人が元来た方向へくるりと向き直った。先頭を切って追ってきた男が、喉に突きをくらって声もなく倒れる。

つづいてきたひとりがひるみながら隼人と対峙したところで、残りの三人がようやく、惣介が日啓ではないことに気づいた。

「日啓は小屋だ。小屋の中だ」

ひとりが叫んで、残りも小屋を狙って動き出した。惣介が狙いを定めて投げた目潰しが、一番最後に向きを変えた男の肩に当たった。粉が飛び散り、男が左手で両目をおおって立ち止まった。が、残った二人は見返りもせず小屋へ向かった。

隼人が対峙していた相手を片づけ、さらに目潰しを受けた男の肩をひと息に斬って小屋へ走り戻る。あとについて走っていくと、月明かりの下、大鷹が三人目を袈裟懸けに斬り捨てるのが見えた。

「睦月殿」

叫んで小屋に入りかけた隼人が、つんのめるように入口で足を止めた。追いついて肩越しに覗き込むと、入口周辺に鋭い歯のまきびしが散らばっていた。小屋に向かった男のひとりが、睦月の足もと近くに俯《うつぶ》せで倒れ、腹から血を流している。もうひとりは胸に棒手裏剣を浴びて、入口の脇に仰向《あおむ》けに果てていた。

「日寂はおりましたか」

睦月のきびきびした声に、隼人が門前町のほうを見返った。

「さっきあちらの方角に走っていく影が見えた」

言葉が終わる前に大鷹が走り出す。隼人があとにつき、惣介も息を切らしながらつづいた。

しばらく進むと、藪《やぶ》の向こうにぼぉっと光るものが見えた。どうやら提灯《ちょうちん》が落ちて燃え上がったようだ。刀の刃が鋭くぶつかる音と女の悲鳴が聞こえる。

「千登勢と石木か」

隼人が二人の名を呼んで、繁った草を踏みしだいた。大鷹が跳ぶようにそのあとを駆けた。

惣介が脇腹の痛みをこらえつつ、どうにか追いつくと、石木が左腕から血を流しながら、千登勢をかばって日寂の前に立ちはだかっていた。

日寂の残った手下は二人。大鷹と睨み合っているほうは知らない顔だが、隼人に対しているのは、智泉院で会った案内の僧であった。日寂を、隼人と石木、両方からかばう形で剣を構え、油断なく目を配っている。

智泉院ではつゆとも感じられなかった殺気を全身からほとばしらせ、剣の先はわずかも揺るがない。

隼人が隙をうかがって動けずにいる間にも、大鷹は青眼の構えで、もう一人の相手を追いつめていた。じりじりと下がりつづけていた相手が、思いあまったように、真っ正面から斬り込んでくる。大鷹はそれを軽く右に避《よ》け、剣を横に払って、胴を思う存分に斬り抜いた。

それを見ていた日寂が、声を上げて石木に向かっていった。

隼人の視線が、わずかにそちらに向かって揺れた。その瞬間を見逃さず、案内の僧が隼人の剣先を払って突きに出る。隼人はかろうじてよけながら間合を取った。

その間に、石木が日寂の突き出す刀を強く叩いてかわし、日寂が前のめりになって倒れた。案内の僧が思わず日寂に目をやった。その一刹那をとらえ、隼人の剣は、案内の僧の首筋を斬り裂いていた。

「千登勢、仇だ」

石木が叫んだ。

それまで短刀を握りしめて震えていた千登勢が、一歩前に出る。隼人と大鷹は判断に迷う様子で動きを止めた。

「何が仇だ。わたしは誰にも手を下しておらんぞ」

石木が斬りかかってこないのを読んで、日寂は起き上がると胡坐《あぐら》をかいた。

「でも命じた。みなの心を操った。そうでございましょう」

千登勢が低い声で応じた。

「新しい世を作るためだ。供物《くもつ》はいたし方あるまい。徳川の世ができるときも、力の弱い者はいいように使われて死んだ。今、この泰平と呼ばれるこのときでさえ、踏みつけにされ死んでいく者はいくらもおる。そもそも、この二人を見ろ」

日寂は大鷹と隼人を指さして、嘲るように嗤《わら》った。

「将軍に命じられ、殿様に命じられ、十六人殺した。殺せと命じることが悪なら、将軍も大名も悪か。そうやって命じても、将軍や大名なら許されるのか」

惣介は思わず隼人と大鷹の顔を見た。どちらかが、少なくとも隼人が動く。そう思ったからだ。が、二人はそれぞれの位置で留まったまま、日寂に目を据えていた。

「そなたも同様。美代の方に命じられて、あらしを殺めた」

千登勢が迷う顔になって首を振った。

「言い包《くる》めようとしても、騙《だま》されません」

「美代はおのれの栄華しか眼中にない女よ。体《てい》よく使われ見捨てられたのもわからんか。空《うつ》け。国も人も愚かであれば滅びる。そういう時世《ときよ》が来るのだ。人を手にかけたことが苦しいか。ならば美代を恨め」

「命じられてはおりません。あまりにもお辛そうだったから、見かねただけのこと。

けれどやはり間違いでした。あらしは、話せばきっとわかってくれた。それを信じることさえせずに……わたしは、まことに愚かでした」

それまで平然とやり取りを見ていた大鷹が、ぎゅっと唇を結んだ。

日寂は苛立《いらだ》ったように、うつむく千登勢を睨みつけた。

「見かねたの、信じるのと気色の悪い。絵空事を言うな」

言い捨てざま、日寂はむくりと立ち上がった。そのまま、千登勢の傍らにいた石木に斬りかかる。不意をつかれた石木がよろけながら体をかわした。

「わかったか。他人はあてにならんのだ」

吐き捨てて千登勢に向かって一気に剣を振り下ろす。切っ先が肩をかすめ、白絣が血に染まった。が次の刹那、大鷹の太刀が背後から日寂に襲いかかっていた。肩先から腰までぷっつりと裂かれて、日寂は地面に崩れおちた。

「ようしゃべった。気が済んだか」

言葉を投げて、大鷹はゆっくりと剣を収めた。

怪我《けが》をした石木と千登勢を連れて小屋のところまで戻ると、日啓が名主とともに八個の棺桶を用意して、骸を片づけていた。

「すまんが手当を頼む。それから棺桶はあと三つ入り用だ」

名主に頭を下げている惣介の耳に、隼人と大鷹の会話が聞こえた。

「賊にはしゃべらせんのが、片桐殿の考える穏便な解決なのでしょう。日寂にはずいぶんべらべらと話させましたね」

「おぬしこそ、日寂を斬ってしもうて、和泉守様に何と申し上げるつもりだ」

「片桐殿が斬りかかり、止めようとしたが間に合わなかった、とでも」

大鷹がこらえきれなくなったかのように笑い出し、それに隼人の声が和した。


翌朝、秋めいた晴天のもと、惣介は町人姿のまま、つるを背中に負ぶって下総を出立した。

「赤子の世話などと、そんな恐ろしいことはようしません」

頼みにしていた睦月から、そうあっさりと言い渡されたからだ。

「なかなか、よう似合うておる。さすがは鈴菜と小一郎の父親だ」

隼人が隣を歩きながら、嬉しげに冷やかした。

「ふん。好きなように言え。今日は俺はゆっくりとしか歩かんぞ。早う江戸に着きたければ、大鷹と睦月殿についてゆけ」

「いや、滅多にない機会だ。惣介と一緒にゆるゆる参ろう」

気楽な声を出してから、隼人が真面目《まじめ》な顔になった。

「なあ、惣介。今度のことは片がついた。だがな、日寂が十人二十人と現れたら、徳川の御代《みよ》は終わるやもしれんぞ」

「ふむ。そうなったとして、果たして、今の御代より勝《すぐ》れて暮らし良いかどうか」

ふっと、傷に晒《さら》しを巻いた姿で見送ってくれた石木と千登勢の笑顔が思い出された。日啓は門徒の世話に忙しく、ちらりと顔を見せただけだった。

「傷が癒えたら、石木と千登勢は江戸に戻ってくると思うか」

惣介の問いに、隼人は黙ったまま首を傾げた。

「まあ、いいさ。すべて明日のことは明日だ」

惣介はおのれの問いにおのれで答えて、つるを揺すり上げた。里と春吉には、声をかけるつもりだったが、育てることを無理強いする気はない。つるをどうするかは、まだ決めていなかった。

(なあに、案ずることはない。きっと良いおとっつあん、おっかさんが見つかる)

幼子《おさなご》を亡くした父母《ちちはは》と、身寄りのない赤子が、親子の縁《えにし》を結んで浮き世を渡る。そんな所帯《しょたい》がいくらでもある。それが江戸という所だ。

「てんてっとん　てとすとんと　持ち込む色桜色桜　助《すけ》さん小間物売りやんすか
わっちもこの頃しくじって　紙くずひろいになりました」
隼人が伸び伸びと唄《うた》う声が、ずいぶん高くなった空に吸い込まれていった。

参考文献一覧

『完本　大江戸料理帖』　福田浩　松藤庄平　新潮社
『江戸料理をつくる』　福田浩　小沢忠恭　教育社
『江戸の料理と食生活』　原田信男　小学館
『江戸あじわい図譜』　高橋幹夫　筑摩書房
『江戸あきない図譜』　高橋幹夫　筑摩書房
『江戸の旬・旨い物尽し』　白倉敬彦　学習研究社
『豆腐百珍』　福田浩　杉本伸子　松藤庄平　新潮社
『江戸のおかず帖　美味百二十選』　島﨑とみ子　女子栄養大学出版部
『江戸幕府役職集成』　笹間良彦　雄山閣
『江戸見世屋図聚』　三谷一馬　中央公論新社
『江戸職人図聚』　三谷一馬　中央公論新社
『大江戸復元図鑑〈庶民編〉』　笹間良彦　遊子館
『滝沢馬琴』　麻生磯次　吉川弘文館
『馬琴一家の江戸暮らし』　高牧實　中央公論新社

『江戸城大奥』　卜部典子　ぶんか社
『大奥の謎を解く』　中江克己　PHP研究所
『面白いほどわかる大奥のすべて』　山本博文　中経出版
『江戸城と将軍の暮らし』　平井聖　学習研究社
『大名と旗本の暮らし』　平井聖　学習研究社
『町屋と町人の暮らし』　平井聖　学習研究社
『江戸庶民の衣食住』　竹内誠　学習研究社
『江戸の旅と交通』　竹内誠　学習研究社
『江戸の妖怪事件簿』　田中聡　集英社
『知って合点　江戸ことば』　大野敏明　文藝春秋
『日光道　江戸時代図誌　9』　芳賀登　筑摩書房
『江戸アルキ帖』　杉浦日向子　新潮社
『江戸の子供遊び事典』　中田幸平　八坂書房
『目で見る薬草百科』　橋本竹二郎　永岡書店
『面白いほどよくわかる犯罪心理学』　高橋良彰　日本文芸社
『平気で他人の心を踏みにじる人々』　矢幡洋　春秋社

『隠し武器総覧』　名和弓雄　壮神社
『阿片のみの告白』　ディ・クィンシー（田中宏明訳）新潮社
『FBI心理分析官　凶悪犯罪捜査マニュアル上・下』　ロバート・K・レスラー他（戸根由紀恵訳）　原書房
市川市公式Webサイト市川シティネット
日蓮宗　ポータルサイト
オレンジページnet

編集協力／小説工房シェルパ（細井謙一）

解説

菊池《きくち》　仁《めぐみ》

本書は二〇〇九年に学研M文庫から刊行され、小早川涼《こばやかわりょう》を一躍人気作家に押し上げた出世作「包丁人侍事件帖シリーズ」の第三弾『料理番子守り唄』の再刊である。といっても第一弾『将軍の料理番』、第二弾『大奥と料理番』同様、大幅に加筆修正されている。

実は第一巻を店頭で見つけた時、新人の作品ということもあって、すぐ読んでみた。冒頭の場面作りのうまさと、物語の主要舞台へ誘う筆の確かさに舌を巻いた記憶がある。「これはいける」と思った。だいたい第一話を読めばそのシリーズがヒットするかどうかがわかる。

例えば二〇〇二年に刊行された藤原緋沙子《ふじわらひさこ》の『雁《かり》の宿　隅田川御用帳』（廣済堂文庫）の第一話「裁きの宿」がそうだ。女性作家らしい流麗なタッチによる情景描写の書き出し、それに誘われて読み進めていくと深川《ふかがわ》に駆け込み寺があったという意表を突く舞台装置に出会う。このシリーズを足がかりとしたその後の活躍については改めて言うまでもあるまい。

二〇〇五年に刊行された和田《わだ》はつ子《こ》「口中医桂助事件帖シリーズ」の第一話「南天うさぎ」と二〇〇六年に刊行された今井絵美子《いまいえみこ》「立場茶屋おりきシリーズ」の第一話「さくら舞う」も同様のうまさをもっていた。つまり、小早川涼は書き下ろし時代小説の中興の祖ともいえる三人の代表的女性作家に次ぐ有望株という評価を、このシリーズで摑《つか》み取ったのである。

それでは本シリーズを面白く読むためのポイントを書いておきたい。まず、〝冒頭の場面作りのうまさ〟についてだが、題名の『将軍の料理番』からイメージするものとは、およそかけ離れたホームドラマ的場面で幕を開ける。なにしろ主人公の惣介《そうすけ》は、江戸城御広敷御膳所台所人《おひろしきごぜんしょ》でありながら、家庭では女房に頭があがらず、子供は無関心というメタボ体型の中年の父親という設定。これまでの文庫書き下ろしには登場しなかったオリジナリティ溢《あふ》れた人物造形である。

第二のポイントは、惣介に江戸城御広敷御膳所台所人という特殊な職業を与えたことである。時代小説が戦前から大衆文学の主力分野として多くの読者を勝ち取ってこられたのは、未知なものに対する好奇心を満たしてくれるからだ。知らない事は面白い。その意味で江戸時代の職業は最適な題材といえる。現代人の生活感覚では理解できない珍しい役職や職種が存在した。〝職業〟は時代を映す鏡であり、そのユニークさをフィルターとすることで、魅力的な人物造形と、独自の物語空間を創出できる。作者はこの潮流に敏感に対応し、さらに料理とその蘊蓄《うんちく》を調味料として加えた。

理由がある。作者は物語のスケールを大きくするため、十一代将軍家斉《いえなり》治政下を主要舞台に選定した。文化が爛熟《らんじゅく》期を迎えた反面、財政の破綻《はたん》、幕政の腐敗、綱紀の乱れが横行し、覇権を巡り謀略が渦巻く、複雑な様相を帯びた時代である。それだけにとっつきにくい。前述した二つのポイントは感情移入しやすくするための仕掛けなのである。物語作者を目指す作者のセンスの良さを感じさせる工夫といえる。

工夫の極め付けは惣介が料理にお褒めの言葉を賜ったのが切っかけで、一ヶ月に一度か二度、家斉の話相手を命じられるという設定にしたことである。といってもそれは、家斉が気骨の折れる日々に嫌気が差したとき、心の内を思うがままに吐き出して憂さを晴らすためである。実に機微を心得た設定で、うまい。

家斉は一五歳で将軍位に就き、五〇年にわたって在職したが、幕政をほとんど主導せず、幕閣に任せ、自分は大奥に入り浸り、四〇人の側室を置き、五五人の子を作った好色将軍というのが一般に流布した人物像である。

作者はそんな家斉の人物像に独自の解釈を刻みつけている。それが惣介との場面に出ている。

作者はシリーズのスタートを飾った第一話「小袖盗人」の中で、将軍職について次のようなコメントを書いている。

《将軍は、諸大名、奥女中、旗本――それぞれの考えや要請や欲望の渦《うず》の中心にいて、大過《たいか》なく舵《かじ》を取り不満の爆発が起こらぬようにまとめていかねばならない。それは、おのれへの陰口を聞き流し、小さな失態には目をつぶり、勝手な動きには釘《くぎ》を刺し、日々、人の心のありように気を配るということだ。》

家斉の為政者としてのスタンスを的確に表現している。もちろん作者の創作だが、人間味豊かな家斉が語る事件の感想は、拡散しがちな政局の話をひきしめる重責を見事に果している。

作者の工夫はもうひとつある。それは既存のヒットシリーズから学んだもので、各話のエピソードを一話ごとに完結させながらも、謎は残り、それが導線となって、各話、各巻を串刺しにしていく手法である。

　作者はそのための最適な題材として、家斉と密接な関係にある〝大奥〟に注目した。「小袖盗人」はその発端であり、事件の奥に家斉の寵愛《ちょうあい》を一身に集めた側室美代の方の影や、寺社奉行水野和泉守《いずみのかみ》の存在がチラつくのは、事件の奥深さを匂わせている。

　この目論見《もくろみ》は当った。大奥を舞台に起る不可解な事件の連続は、惣介の嗅覚《きゅうかく》の鋭さと推理力をクローズアップし、生来の人間味豊かな性格とあいまって、魅力に磨きがかかった。その証拠に巻を追うごとに惣介ファンが急増した。

　そして本書である。本書には第一話「稲荷寿司異聞《いなりずしいぶん》」、第二話「四谷の物の怪《け》」、第三話「下総中山子守り唄《しもうさなかやまうた》」の三話が収録されている。大奥で起る不可解な事件は、長年の大奥のやり方にならって、『天狗の仕業《てんぐしわざ》』で片がついた。しかし、惣介と隼人《はやと》は、これが複雑に仕組まれた事件であり、背後に自らの野望や欲望を実現するためなら、名も無き庶民など切り捨てても構わないという権力の意志があることを嗅《か》ぎつける。

　そんな惣介のもとに、医師の滝沢宗伯《たきざわそうはく》が神田川堤の柳原通りまでご足労願えませんか、とやって来る場面から「稲荷寿司異聞」の幕が開く。聞けば宗伯が処方する薬より、屋台で売る寿司の方が腰の痛みに効いた、というのである。「面妖《めんよう》な話だ」ということになり、惣介が謎の解明に乗り出す。例によって稲荷寿司の蘊蓄が興趣を盛り上げる。うまい出だしである。ところがそこへ「千登勢《ちとせ》が殺されたようだ」という話がもちこまれてくる。千登勢は美代の方が召し使っていた部屋方で、大奥の内情を探るべく、何者かが送り込んだ〝あらし〟の死に絡んでいた疑いがある。さらにここに日寂《にちじやく》師様からいただいた鬼子母神《きしもじん》様のお粉なるものが登場し、『天狗の仕業』で片がついたはずの事件が、惣介の前に立ちはだかる。この日寂の登場によって、物語は一挙にクライマックスへと突入していく。

作者が大奥を題材としようと思った背景には、一大スキャンダルとして巷間《こうかん》に流布されている〝日啓の感応寺《かんのうじ》事件〟が念頭にあったと推測しうる。興味のある方は富田常雄《とみたつねお》『江戸無情』や松本清張《まつもとせいちょう》『かげろう絵図』を読まれるといい。

しかし、作者はこのスキャンダルをモチーフにしながらも、史実にフィクションを巧妙にまぶすことで、新たな物語を立ち上げた。日啓の弟子として登場する日寂の造形がそれを証明している。これにより為政者としての家斉の凄味《すごみ》がリアルな形で描かれていることに注目する必要がある。特に家斉が惣介に語るセリフは盤石の重みをもったもので名場面といえる。

ミステリー仕立てとなっているため、これ以上のあらすじの紹介は避けるが、「四谷の物の怪」から「下総中山子守り唄」まで一気に読める面白さで貫ぬかれている。これにより美代の方を背景に置いた大奥の怪事件は一段落することになる。作者の優れた戯作《げさく》魂を楽しむことができる。

本書は二〇一〇年三月に学研M文庫から刊行された作品を大幅に加筆・修正したものです。

料《りょう》理《り》番《ばん》子《こ》守《も》り唄《うた》

包丁人侍《ほうちょうにんざむらい》事《じ》件帖《けんちょう》③

小《こ》早《ばや》川《かわ》 涼《りょう》

平成27年 8月25日　初版発行

発行者●郡司 聡

発行●株式会社KADOKAWA
〒102-8177　東京都千代田区富士見2-13-3
電話 03-3238-8521（カスタマーサポート）
http://www.kadokawa.co.jp/

角川文庫 19311

印刷所●旭印刷株式会社　製本所●株式会社ビルディング・ブックセンター

表紙画●和田三造

ISBN978-4-04-102430-0　C0193